En clave de sol

Alfaguara es un sello editorial del Grupo Santillana

www.alfaguara.com

Argentina
Av. Leandro N. Alem, 720
C 1001 AAP Buenos Aires
Tel. (54 114) 119 50 00
Fax (54 114) 912 74 40

Bolivia
Avda. Arce, 2333
La Paz
Tel. (591 2) 44 11 22
Fax (591 2) 44 22 08

Chile
Dr. Aníbal Ariztía, 1444
Providencia
Santiago de Chile
Telf (56 2) 384 30 00
Fax (56 2) 384 30 60

Colombia
Calle 80, 10-23
Bogotá
Tel. (57 1) 635 12 00
Fax (57 1) 236 93 82

Costa Rica
La Uruca
Del Edificio de Aviación Civil 200 m al Oeste
San José de Costa Rica
Tel. (506) 220 42 42 y 220 47 70
Fax (506) 220 13 20

Ecuador
Avda. Eloy Alfaro, 33-3470
y Avda. 6 de Diciembre
Quito
Tel. (593 2) 244 66 56 y 244 21 54
Fax (593 2) 244 87 91

El Salvador
Siemens, 51
Zona Industrial Santa Elena
Antiguo Cuscatlan - La Libertad
Tel. (503) 2 505 89 y 2 289 89 20
Fax (503) 2 278 60 66

España
Torrelaguna, 60
28043 Madrid
Tel. (34 91) 744 90 60
Fax (34 91) 744 92 24

Estados Unidos
2105 NW 86th Avenue
Doral, FL 33122
Tel. (1 305) 591 95 22 y 591 22 32
Fax (1 305) 591 91 45

Guatemala
7ª avenida, 11-11
Zona nº 9
Guatemala C.A.
Tel. (502) 24 29 43 00
Fax (502) 24 29 43 43

Honduras
Colonia Tepeyac Contigua a Banco Cuscatlan
Boulevard Juan Pablo, frente al Templo
Adventista 7º Día, Casa 1626
Tegucigalpa
Tel. (504) 239 98 84

México
Avda. Universidad, 767
Colonia del Valle
03100 México D.F.
Tel. (52 5) 554 20 75 30
Fax (52 5) 556 01 10 67

Panamá
Avda. Juan Pablo II, nº 15. Apartado Postal
863199, zona 7 Urbanización Industrial
La Locería - Ciudad de Panamá
Tel. (507) 260 09 45

Paraguay
Avda. Venezuela, 276
Entre Mariscal López y España
Asunción
Tel. y fax (595 21) 213 294 y 214 983

Perú
Avda. Primavera, 2160
Surco
Lima 33
Tel. (51 1) 313 40 00
Fax. (51 1) 313 40 01

Puerto Rico
Avenida Roosevelt, 1506
Guaynabo 00968
Puerto Rico
Tel. (1 787) 781 98 00
Fax (1 787) 782 61 49

República Dominicana
Juan Sánchez Ramírez, nº 9
Gazcue
Santo Domingo R.D.
Tel. (1809) 682 13 82 y 221 08 70
Fax (1809) 689 10 22

Uruguay
Constitución, 1889
11800 Montevideo
Uruguay
Tel. (598 2) 402 73 42
y 402 72 71
Fax (598 2) 401 51 86

Venezuela
Avda. Rómulo Gallegos
Edificio Zulia, 1º-Sector Monte Cristo
Boleita Norte
Caracas
Tel. (58 212) 235 30 33
Fax (58 212) 239 10 51

En clave de sol

Alma Flor Ada

ALFAGUARA

© 2006 Alma Flor Ada

© De esta edición:
2006, Santillana USA Publishing Company, Inc.
2105 NW 86th Avenue
Miami, FL 33122
Teléfono: (305) 591-9522
www.alfaguara.net

ISBN: 1-59820-508-0
Impreso en los Estados Unidos por HCI Printing & Publishing
Printed in USA by HCI Printing & Publishing

Diseño:
Proyecto de Enric Satué

Diseño de interiores:
José Luis Trueba Lara

© Cubierta
Antonio Ruano Gómez

© Fotografía de Cubierta
Corbis.com

PRIMERA EDICIÓN: julio de 2006

Para Quica,
en cada orilla…

Una palabra muere al pronunciarse,
he oído decir.
Yo afirmo que es entonces
cuando empieza a vivir.

EMILY DICKINSON

VI. Una palabra

Vivimos en tiempos terribles
en que no se puede hablar
ni callar
sin correr grandes riesgos.

Carta de Luis Vives

a Erasmo de Roterdam

Qué mala memoria
para las malas memorias
tiene la memoria…

Aforismo apócrifo

I. La Habana, Cuba. 1958

...cantando a lágrima viva
navega Cuba en su mapa:
un largo lagarto verde,
con ojos de piedra y agua...

"Un largo lagarto verde"
Nicolás Guillén, *La paloma de vuelo popular* (1948)

El abejeo monótono del ventilador, mitigado por su propia persistencia, se hizo penetrante en el silencio súbito. La cacofonía habitual de la vida callejera que entraba usualmente por la ventana de la pequeña oficina se apagó de repente, dando paso al ulular cada vez más cercano de las sirenas de los patrulleros, que cubrió en un instante el centro de la ciudad con un húmedo manto de terror.

El periodista levantó la cabeza para mirar con impaciencia las aspas del viejo ventilador. Como venía haciendo por años, pensó: "Alguien debería engrasar a ese condenado antes de que su zumbido me perfore el tímpano". Pero nadie iba a hacerlo, porque él no se acordaría de dar la orden, postergada por las noticias urgentes que acapararían su atención. Volvió a observar la foto de los tres muchachos. Yacían bocabajo, los brazos abiertos como las aspas del ventilador impertinente, las espaldas perforadas por las balas. En algún lugar de la isla, en algún camino anónimo como ellos, sus vidas se habían apagado en un instante, penetrando la tierra, fundiéndose con ella.

El parco informe que acompañaba la foto decía simplemente: "El pasado lunes 5 de mayo tres insurrectos atacaron a una patrulla que devolvió el fuego. Los insurrectos no han sido identificados, pero el Servicio de Inteligencia ha constatado que las armas que portaban han sido identificadas como pertenecientes a Luis Sepúlveda. El hacendado camagüeyano, que posee fincas en Camagüey y en Oriente, niega tener relación alguna con los ilegales y ha puesto una denuncia de robo de las armas que afirma fueron sustraídas de su hacienda Las Delicias en Victoria de las Tunas".

Un aluvión de preguntas, raudas como la ráfaga que abatió a los jóvenes, inundó la mente del periodista. A la más certera de ellas: ¿cómo era posible que los jóvenes hubiesen sido acribillados por la espalda si estaban atacando a una patrulla?, le siguió otra: ¿qué ganaría con preguntar si sabía que nadie le respondería? Publicaría la foto y la escueta nota y trataría de acallar la conciencia como se había acostumbrado a hacer.

En un silencio preñado de temor, pensó en la elegía que podría escribirse, inspirada en el súbito final de tres vidas jóvenes, y versos de otras elegías vinieron a su mente: "…nuestras vidas son los ríos, pero éstos eran apenas arroyuelos… ¿habría quien quisiera desamortajar una calavera amada?… ni lenta primavera, ni primeras flores en el alto Espino, al cual subir… estos cadáveres, ay, seguían muriendo…" De nada valdría que le sobraran imágenes. Lo único que acompañaría a la foto sería aquella nota impersonal.

El gobierno esperaba su publicación. La dictadura militar quería enviar un recordatorio más a esa juventud que se rebelaba, negándose a seguir viendo al país bajo la bota de Fulgencio Batista. Quería patentizar que toda disensión sería castigada con balas. Por eso, semana tras semana, enviaba otra foto más de jóvenes asesinados. La revista las publicaba porque su deber era informar, y porque resultaba necesario hacerles saber a todos que la rebelión seguía en pie, a pesar de todos los intentos por acallarla.

Esa semana toda Cuba vería la foto borrosa. Tres muchachos que habían dejado de hablar, de bailar, de reír, para desangrarse, amontonados uno sobre otro; y los tres, a su vez, sobre la tierra que amaban. El que había quedado encima de todos llevaba una cazadora de aviador, de cuero, con una enorme V bordada en la espalda.

Una gruesa gota de sudor de la frente del periodista cayó sobre la foto. La mancha que produjo, en la esquina izquierda, se asemejaba a un sol gigantesco. "Una trompeta gigante, aunque no haya álamos en las márgenes del río", divagó el periodista. La poesía de los años universitarios, cuando creía que la literatura podía salvar al mundo, le servía ahora de asidero en los momentos, cada vez más frecuentes, en que la realidad lo anonadaba. "¿Habrá quien pueda reconocerlos?", pensó, levantándose para llevar la foto y el texto a la sala de composición.

La estela de silencio dejada a su paso por los patrulleros se había disipado, y el ruido de la ciudad volvió a ascender por la ventana, apagando el zumbido constante, pertinaz del ventilador.

II. Camagüey, Cuba. 1958

Las dos se aferran a sus neceseres, como si en lugar de contener cosméticos encerraran las vidas, familiares, amigos, aulas y paisajes de los que no han podido despedirse, que no saben cuándo volverán a ver.

Caminan por la pista hacia el avión de Pan American, en un trayecto imaginado tantas veces, como Elizabeth, o Doris, o Katherine, esas elegantes Taylor, Day o Hepburn hollywoodenses insinuándoles desde las pantallas que había una vida distinta, menos verde, menos frondosa y tropical, de brillo niquelado y reflejos de neón. Pero este viaje apresurado, forzoso, nada tiene que ver con los soñados.

Antes de salir del aeropuerto provinciano, que remeda el estilo colonial de la ciudad, lograron separarse por un momento de la madre llorosa y del padre inflexible que les han impuesto este destierro. Lo suficiente para arrancarles un juramento a las cuatro amigas que se han enterado del viaje furtivo.

—Mi tía Josefina trabaja en la Pan American, ¿recuerdan? —había explicado Victoria, como respuesta ante la sorpresa de Clara y Fernanda al verlas en el aeropuerto. Ellas que temían no poder despedirse ni de sus amigas inseparables, tan íntimas, tan partícipes.

—No podemos separarnos sin un juramento —exigía Clara, la dulce Clara que jamás había exigido nada, que hacía valer su autoridad, no por ser un año mayor que las demás, sino con calma y serenidad. Pero en la exigencia no había ni calma ni serenidad, sólo angustia.

—¿Otro juramento? ¿No juramos ya acaso en Las Delicias que nunca hablaríamos de aquella noche? —protestó Mercedes.

Pero Clara insistía.

—Sí, lo juramos…, pero como todo resultó mucho más grave de lo que imaginábamos, debemos jurar otra vez.

— Juremos que por ningún motivo le contaremos a nadie nada de lo que ocurrió —propuso Fernanda, apoyando a su hermana.

—¿A nadie? ¿Ni siquiera a un confesor? —preguntó Mercedes, quejumbrosa, con lágrimas al borde de las pestañas espesas.

—¡A nadie! Lo que pasó es de las cosas que no se confiesan —respondió Fernanda, como tigrillo que detiene en tierra el vuelo de la codorniz que apenas atina a abrir las alas.

—¡Yo quiero comulgar! —la codorniz herida aleteaba inútilmente. Las lágrimas se habían desbordado ya.

Fernanda no se inmutó por el llanto de Mercedes.

—Sabes bien que no cometiste ningún pecado. No tenías intención de hacer daño. ¿No nos han dicho siempre que sin intención no hay pecado? ¿No recuerdas cuánto lo repetía el Padre Novoa durante el retiro? —el tono de su voz había ido subiendo, de manera que las últimas palabras quedaron resonando, como golpeadas en un gong—. ¿Vas a dudar de un jesuita?

—Fernanda tiene razón, Mercedes. Fue un grave error, ¿pero es eso pecado? —sugirió Clara, conciliatoria.

—¿Y voy a poder comulgar? ¿Sin confesarme? ¿Aunque hayamos sido culpables de la muerte de esos chicos? —balbuceó insistente Mercedes. A pesar de que su voz era apenas un susurro, las palabras golpeaban como martillazos, profundizando aún más el desconcierto, el temor, el dolor que cada cual llevaba por dentro.

—No vamos a hablar nunca de lo que pasó —reiteró Clara, y continuó diciendo—, a nadie fuera de nosotras. Sólo nuestro silencio puede ayudar a Luis Miguel. ¿No comprendes, Mercedes, que para él no ha terminado el peligro? Esos muchachos estaban en la hacienda gracias a Luis. No te imaginas cómo trataron de intimidar a papá, la policía primero, los militares después, para que les dijera dónde estaba mi hermano. Ni siquiera nosotras lo sabemos. ¿No entiendes que nos sacan del país así de golpe, a escondidas, para protegernos? No tenemos ni idea de adónde vamos. En Nueva York nos espera una prima de mamá, pero después no sabemos qué será de nosotras. Por favor, Mercedes, jura que no dirás nunca nada.

Y todas juraron. Mercedes, sellando el juramento con un abrazo, dejándole a Clara la humedad de sus lágrimas en el hombro del vestido azul marino; Irene, sacudiendo su larga cabellera, como para dar más énfasis a la solemnidad del juramento; y Victoria, que animó a Aleida, silenciosa y reticente, a unir su promesa a la de las demás.

No tardaron los padres en llamar a Clara y a Fernanda con urgencia. Desde el amplio ventanal las cuatro amigas las vieron partir con la cabeza gacha, el paso grave y los neceseres como único sostén hacia el avión plateado, uno de aquellos que hacían escala tres veces por semana en el aeropuerto provinciano de paredes amarillas y tejado encendido, para reabastecerse de gasolina en el viaje Caracas-Nueva York. Y cuyos emblemas azules, redondos como el planeta, les habían alimentado el sueño de recorrer el mundo.

En la partida apresurada y triste, un pensamiento revoloteó en la mente de Victoria, incesante como polilla ante el último bombillo encendido cada noche en el portal: "Aunque jamás volvamos a hablar de lo que pasó, nos ha cambiado para siempre".

Un mes más tarde, las cuatro volvieron a encontrarse en el aeropuerto camagüeyano, en cuyo jardín florecían gladiolos alrededor de un tinajón barrigudo, símbolo de la ciudad colonial. Esa vez era Victoria quien partía con sus dos primas.

Durante su primer periodo de dictadura en los años treinta, el sargento Batista, autopromovido a general, se había ganado la simpatía de las tropas dándoles el privilegio, hasta entonces reservado a los oficiales, de usar botas. Aquellas botas negras y tersas, altas hasta la rodilla, habían inspirado un sentimiento de orgullo y pertenencia en hombres hasta entonces vejados y menospreciados por una oficialidad de academia que pertenecía a los dueños del poder. El entusiasmo inicial se transformó en lealtad cuando, además de botas, el dictador les dio hospitales en los cuarteles y escuelas para sus hijos.

En esta segunda dictadura, iniciada con el golpe de Estado el 10 de marzo de 1950, botas, hospitales militares y escuelas cerca de los cuarteles ya no se consideraban privilegios, sino derechos. ¿Cómo ganarse, entonces, la adhesión de esas fuerzas armadas para que, en lugar de defender la Constitución, defendieran a la dictadura?

La respuesta a esa interrogante consistió en un método doblemente hábil, con el cual la dictadura lograba su cometido, sin que le costara un centavo al gobierno: los oficiales, de coroneles a sargentos, recibieron el beneplácito de establecer el juego y la prostitución a todos los niveles. Toda la isla era una fuente de ingresos para quien vistiera uniforme y tuviera algún galoncete: desde casinos y prostíbulos de lujo a simples juegos de bolita en la bodega de la esquina o casas de putas mal alimentadas.

A medida que los jóvenes se rebelaban con mayor determinación y los soldados se veían obligados a arriesgar la vida, la mano poderosa se fue abriendo en un acuerdo tácito que les permitía a los militares escapar del rigor de las leyes cotidianas. Así, un soldado podía entrar a un bar y tomarse unos tragos sin pagar, o llegar a una bodega y ordenar cuantos víveres deseara —arroz, frijoles, café, azúcar—, sin preguntar siquiera por el importe; o pedir en la carnicería una libra de carne molida para hacer picadillo o hasta un boliche para mecharlo, sin dar ni las gracias. Y hasta podía hacer lo mismo con un par de zapatos en la peletería, o en la tienda del barrio con un corte de tela floreada para llevar a la novia.

El padre de Victoria, disgustado como tantos cubanos con una economía donde los obreros tenían pocas posibilidades de mejorar una vida de sacrificio y pocas recompensas, había querido hacer un proyecto, el cual, a pesar de ser pequeño, les abría un mejor horizonte a un centenar de familias. En tierras heredadas por su mujer, construyó un grupo de casas sencillas de mampostería, con techos de tejas y baño interior, como alternativa a las casuchas de madera con techo de zinc y letrinas en el patio tan comunes en esa zona al oeste de la ciudad. Las mensualidades para comprarlas eran módicas y asequibles a los obreros, y con ese antídoto real a la promesa ilusoria del azar, muchos encontraban la fuerza suficiente para no dejarse seducir por las copas y el juego.

Como la zona del proyecto estaba cercana al cuartel, varios soldados quisieron ser propietarios por primera vez de una casa verdadera. Aunque nunca simpatizó con las instituciones militares, el padre de Victoria reconocía en los soldados a simples hombres de pueblo, y se alegró de que también pudieran tener una casa propia y decente.

Pero en ese año 1958 los soldados, envalentonados frente al mundo civil, y para ocultar quizá su cobardía ante los guerrilleros, se negaron a seguir pagando sus mensualidades.

Aunque creía en la ley, al padre de Victoria no le interesó demandar a nadie. La palabra "desahucio" le parecía criminal. Hasta entonces, cada incumplimiento de pago se solucionaba con el diálogo, por lo que decidió ver al jefe del regimiento número 2, en el cuartel Agramonte.

A su regreso del cuartel, entró a su casa sin decir palabra. Después de pasar un rato encerrado con su mujer en la habitación, salió en busca de sus dos sobrinas, y a comprar pasajes de avión. Entretanto, la madre de Victoria comenzó a ayudarla a hacer la maleta.

—Lleva un poco de todo, de verano y de invierno —le advirtió. Entre salidas y entradas de la habitación le recordó:

—No te olvides tu álbum de fotos.

Luego:

—No dejes tu cuaderno de pensamientos.

Y finalmente:

—Protege con esto tus joyas.

Y le dio un joyero de seda que podía enrollarse y atarse con un cordón.

—Te he puesto dentro mi sortija, mis perlas y el anillo de tu abuela —le advirtió, colgándole del cuello una cadena gruesa—. Llévala debajo de la ropa; para no llamar la atención. Era de Mamá.

Aunque aquella actitud inusual no dejaba lugar a preguntas, Victoria no pudo más.

—¿No me van a dar ninguna explicación? —inquirió.

—Es que han amenazado a tu padre…

—Y entonces, ¿por qué me voy yo y no ustedes?

—Bueno, es que la amenaza era una insinuación sobre ti, hija.

Su madre rompió en llanto y se abrazaron largamente.

Cuando por fin llegó el padre y las dos primas que irían con ella, Victoria no se atrevió a decir palabra. Aquel hombre entusiasta, generoso, lleno de proyectos parecía haber desaparecido, dejando en su lugar a un ser quebrantado por la impotencia. Así y todo, se acercó a Victoria, y haciéndola levantar la cabeza le confesó:

—Ya vendrán tiempos mejores, hija. Por ahora, esto es lo mejor que puedo hacer por ti.

—Es sólo hasta que cambien las cosas —le aseguraron al día siguiente el padre y la madre, en momentos distintos, pero con la misma voz, repitiendo una frase que por estar ya en boca de tantos, parecía una jaculatoria.

—No dejen de escribirme —les rogó ella, antes de abrazar a cada una de las tres amigas que se quedaban—. Y no olviden que hemos hecho un juramento

—insistió. Mientras subía al avión, trató de mantener la cabeza en alto, aunque una vez sentada junto a la ventanilla la sobrecogió el dolor al ver alejarse los tejados de la ciudad colonial enclavada en la planicie de roja tierra arcillosa donde habían transcurrido su infancia y juventud, abrumada por el presentimiento de que quizá no regresaría jamás.

Las salidas de Irene, Aleida y Mercedes, todas en el intervalo de apenas dos años, carecieron de despedidas. La familia de Aleida se marchó sin decírselo a nadie. Viajaron con visa de turista a Costa Rica unas semanas después de la llegada de los revolucionarios a La Habana, en enero del cincuenta y nueve. El padre de Aleida era administrador de una gran hacienda ganadera, y el dueño de la misma, que ya llevaba tiempo radicado en Costa Rica, le ofreció empleo afirmándole:

—Eso de las revoluciones nunca ha ayudado a gentes como nosotros. Véngase nomás. En este país no será difícil rehacer la vida. Saber vivir es saber volver a empezar.

A Mercedes le resultaba inexplicable que su amiga se hubiera ido sin despedida. Pero cuando le llegó el momento de partir, tampoco se despidió de Irene. Había viajado por tren a La Habana, con su madre, como acostumbraban a hacerlo todos los años, para visitar a la familia. Las sorprendió que se les uniera el padre, quien siempre encontraba pretextos para no participar en la reunión familiar. Más aún las sorprendería que, al día siguiente, sin decirles nada, las llevara al aeropuerto habanero de Rancho Boyeros. Alguien lo había puesto en contacto con un piloto que hacía vuelos a los cayos floridanos, y que ese día pensaba emprender el viaje sin regreso. Esa misma tarde Mercedes se vio en Cayo Hueso, en medio del llanto de su madre y la reiterada letanía de su padre que les aseguraba que "aquello" no podría durar más que unos meses.

A Irene la reclamó desde España una antigua clienta de su madre, una señora de familia numerosa quien quería que le ayudara con los niños. Más tarde, cuando Irene llevaba un par de meses en Madrid, la clienta decidió mudarse a Nueva Orleáns, en donde tenía familia y no necesitaría la ayuda de Irene. Como no tenía de qué vivir en España, Irene aceptó que la señora le pagara el pasaje a los Estados Unidos y terminó yéndose sola a Miami.

Irene no hubiera querido salir de Cuba sin sus padres, pero ellos insistieron en que la única manera de hacerlos felices era irse adonde pudiera seguir estudiando sin sobresaltos.

El día antes de su partida recorrió el camino de su casa al Instituto, del Instituto a casa de Victoria, pasando frente a la casa de Clara y Fernanda, ahora siempre cerrada; observando las fachadas de altas ventanas de balaustres de madera, las puertas claveteadas, las aldabas en forma de caras de leones o de manos con anillos. Levantó la vista hacia los aleros de tejas centenarias, y por alguna ventana abierta para tratar de capturar algún soplo de brisa, pudo entrever el patio umbrío, con enormes tinajones soterrados hasta la mitad bordeados de erguidas matas de mariposas, con flores blancas de pétalos delicados y aroma sutil. Aspiró el olor a dulce de guayaba que salía de alguna cocina generosa, y el aroma de jazmines y gardenias de un jardín invisible.

Quería estar segura de poder recordar cada rincón de la ciudad, los callejones retorcidos que los fundadores de la villa diseñaron en forma de laberinto para confundir a los piratas y bucaneros que la asolaban con frecuencia, e impedirles una fácil retirada. Pero cada vez que quería fijar algún detalle, se encontraba con que ya lo tenía todo memorizado.

No había plaza, calle, casa, portal, reja, acera o desconchado en los muros de las iglesias que no guardara en su memoria. El musgo en los viejos muros de la iglesia-fortaleza de la Soledad, la verdolaga que brotaba en las orillas de las acequias de las calles sin asfaltar, la estatua orgullosa de Agramonte, recordando la lucha por la libertad en el centro del parque junto a la Catedral, el quicio de la casa más humilde del último callejón de tierra. Todo se iba con ella.

III. Victoria

...por un no sé qué que se halla por ventura.

San Juan de la Cruz, *Glosa a lo divino*

Las cumbres nevadas contra el cielo nítido, antes inspiradoras con sus sugerencias de ascensión, ahora le parecían amenazantes; el azul mediterráneo de la cala marina, una invitación insistente al suicidio; y hasta la plácida pradera, una burda imitación de alfombra floreada. Dejando de mirar las islas de cartulina, venas de negrura paralela con hilachas de voz en un lado e imágenes inocuas del otro, que hoy le resultaban inadmisibles porque le revolvían el terror interno, Victoria apartó las tarjetas postales con un movimiento decidido, y levantando los ojos del escritorio dejó que la vista le devolviera una vez más la imagen enmarcada por su ventana: los empinados tejados negros y los árboles desnudos del paisaje de Nueva Inglaterra, que, a pesar de ser tan conocido, le continuaba pareciendo irreal, como si en vez de estar compuesto por casas habitadas de una calle cualquiera, fuese parte de una escenografía cinematográfica.

—Llevo años mirando la vida como si estuviera en la butaca de un cine. ¡Qué irónico! Me gano la vida escuchando a gente que me agradece la atención que les brindo, y nadie se imagina que escucho con tanta atención porque no me siento parte de nada de lo que me cuentan. Puedo sentir sinceramente con ellos lo suyo, porque para lo mío todo sentimiento está en suspenso.

"Hay vida encerrada en esas ramas secas, la 'falsa elegía, preludio distante a la primavera', de la que habla mi querido poeta Pedro Salinas, al que tanto he amado, a quien tanto he leído. Y en unas semanas esa vida empezará a aflorar, casi imperceptiblemente al principio. Las ramas se verán más vivas, y un día habrá brotes diminutos en cada una. Pero dentro de mí es como si la primavera no lograra brotar nunca... y se va haciendo largo tanto invierno. Quizá porque me cuesta decidirme a hacer lo que verdaderamente quiero."

Se puso el grueso abrigo gris de lana irlandesa, y un gorro negro que sólo le dejaba descubierto el rostro. En las escaleras de su apartamento se anudó al cuello una bufanda roja y sacó del bolsillo del abrigo los guantes de piel. Ya en plena calle, caminando a paso rápido, se dio cuenta de que iba más abrigada que los demás. La gente había comenzado a usar abrigos ligeros de primavera, o una simple chaqueta. No se veía ni una sola bufanda. "Por haber nacido en el trópico, siempre me parece que hace demasiado frío." Los tacones de sus botas marcaban sobre la acera de ladrillos el ritmo de sus pasos ágiles, y la alegró sentir circular la sangre, estimulada por la marcha. "Es lo único que hago con determinación, caminar rápido una vez que sé a dónde voy."

Minutos más tarde había dejado atrás los jardines con manchones de nieve, entre los que empezaban a aflorar los capullos blancos, morados, amarillos de algunos *crocuses*, los primeros bulbos que despertaban después del invierno, y a los que pronto seguirían narcisos y tulipanes de pétalos carnosos, que le parecían exóticos y le encantaba acariciar, sorprendida siempre de su diferencia con respecto a los pétalos alados de las flores silvestres del campo cubano.

Al final de la calle, al otro lado del puente de piedra, se encontró con la oficina de correos, y como siempre, detuvo el paso para saborear el recuerdo. No se acercó a la casilla que seguía manteniendo a su nombre, aunque permanecía eternamente vacía. Nunca más albergaría cartas con sobres de bordes listados, azul y rojo, rojo y verde, blanco y rojo, rojo y gualda, según el país desde donde él le escribiera. Conservaba la casilla vacía como tributo a la alegría que aquellos renglones breves, de letra vigorosa y casi indescifrable, le habían dado, renovándole la certeza de un amor irreversible. "Otros visitan una tumba, yo una casilla de correos vacía", se dijo, pero ahora el dolor desgarrador de años atrás era una melancolía casi dulce en la ternura.

Podía ver a lo lejos los agudos campanarios, algunos de ladrillos rojos con negro techo de pizarra, otros de madera y enteramente blancos. "Pensamos que nuestros países están recargados de iglesias, pero en realidad hay muchas más en este paisaje norteamericano. Tantas denominaciones, cada una tratando de probar que está un poco más cerca de la verdad que las otras." Admiraba el hecho de que mientras en aquel trozo de Massachussets había más de setenta universidades, algunas de las cuales, como Harvard y el MIT, habían logrado audaces avances en el pensamiento humano, el paisaje estuviera dominado por aquellas iglesias de aspecto sencillo e inocente, pero con tanto poder sobre la mente de sus feligreses.

El estanquillo en medio de la plaza tenía periódicos en todos los idiomas, algunos fácilmente reconocibles, en alemán, francés, italiano, danés, árabe, chino, coreano, japonés, y otros cuya escritura parecía más una expresión artística que un órgano de noticias de actualidad. Eligió como siempre *El País*, aunque se tratara de la edición del día anterior, su modo más directo de seguir viviendo en lengua española, y el *New York Times*, que le daba la otra versión de su doble realidad.

Lo primero que leía en aquella voluminosa edición dominical era el suplemento literario que, combinado con *Babelia*, la mantenía siempre en vilo, sabiendo que no había horas suficientes para leer todos los libros allí reseñados.

El ritual diario era empezar por las noticias internacionales, luego las nacionales, y por último los editoriales y los artículos de opinión, contrastando el planteamiento y la importancia que recibían a ambos lados del Atlántico. Guardaba para el final del día los crucigramas. El crucigrama en español le resultaba una diversión, aunque lamentaba el retiro de Peko, cuyo sentido del humor recordaba con afecto; y el que estaba en inglés le resultaba un reto que aumentaba en complejidad según el día de la semana, hasta volvérsele endiabladamente imposible los sábados.

Regresó a casa por un camino más directo, decidida a completar la tarea que se había propuesto. Mientras subía las escaleras, fue despojándose impaciente de bufanda y gorro, y devolvió los guantes al bolsillo del abrigo. Dejó los periódicos en la mesa del recibidor y se sentó frente al escritorio.

Aunque el peregrinaje para ver a cinco amigas dispersas por el mundo pareciera un absurdo, estaba decidida a realizarlo. "¿Qué voy buscando?¿El apoyo del pasado a fin de encontrar fuerzas para el futuro? ¿O es el presente lo que quiero explicarme?" El último pensamiento quedó en suspenso, mientras regresaba a la urgencia del llamado de las tarjetas.

Para hacer más espacio sobre el escritorio, apartó el vaso de cerámica lleno de lápices de punta afilada, la bandejita de madera oaxaqueña con su intricada decoración de aves y flores donde colocaba sacapuntas y gomas de borrar y las hojas rayadas del manuscrito a medio terminar.

Luego se dedicó a reagrupar las tarjetas. Primero las colocó según el orden alfabético de sus cinco remitentes, luego por el orden cronológico de sus cumpleaños, sorprendiéndose de lo bien que los recordaba. Más tarde por la distancia geográfica desde el punto de envío, y hasta por la longitud del mensaje, que iba desde una sola línea nítida de Clara, hasta un abigarrado montón de frases de Fernanda. Finalmente las colocó según el orden que consideró más idóneo para conducir la conversación con las cinco amigas que, una vez más, en la misma fecha, le habían enviado otro mensaje simbólico, del mismo modo que ella había mandado también en esa misma fecha una puntada más para esa colcha que, sin proponérselo, habían empezado a crear juntas hacía treinta años.

"Después de tanto tiempo seguimos recordando el aniversario de un crimen que jamás mencionamos. Pero, ¿qué pretendemos conseguir con este recordatorio? ¿Dejaremos de enviar estas tarjetas cuando falte una de las seis? ¿Cuando algunas dejemos de existir? ¿Qué hará la última que quede viva? ¿Adónde lleva este castillo de naipes?"

Observó las tarjetas una vez más, buscando, sin encontrarlo, algún significado en las imágenes. Con la excepción de la de Aleida, que le pareció alusiva, con una obra de Christo, un sudario de plástico envolviendo un edificio —"¿Estamos también nosotras tratando de forrar la realidad en papel?"—, las demás sólo apuntaban a los lugares donde vivían sus remitentes.

El hecho de que eligieran una tarjeta postal en vez de escribir una carta era indicativo en sí. Una tarjeta tenía un aire de inocencia, con su mensaje abierto a la vista de todos. Sólo que el mensaje no estaba en las palabras, ni siquiera en la ilustración, sino en el hecho mismo del envío en esa fecha específica.

Volvió a observarlas, pero esta vez no eran cinco las imágenes que veía. Detrás de los colores brillantes de cada una se imponía la incesante imagen en sepia de la fotografía borrosa, pero reveladora, de los tres cuerpos tirados a la orilla de la carretera, uno sobre otro, los brazos abiertos como trágicas aspas inmóviles, y en la espalda del último aquella V inicial que en lugar de proclamar "Viva la vida", confirmaba: "Venció la muerte".

Reunió las tarjetas y las guardó en la vieja caja de puros, donde todavía deambulaba el olor penetrante de los vueltabajos que algunas manos pacientes torcieran allá, en la tabacalera de un valle idílico, después de elegir y estirar con cuidado las hojas curadas del tabaco mejor del mundo, en aquel Pinar del Río que no había vuelto a visitar desde niña.

Mientras sostenía con una mano la caja apoyada contra el pecho, tomó el teléfono con la otra. Sólo dejó la caja sobre la superficie pulida del escritorio para anotar números de vuelos y horas de salida y llegada cuando, después de escuchar durante interminables minutos los reiterados arpegios de Pachelbel, una voz impersonal pero humana le dijo: *"United Airlines. How can I help you?"*

Cuando colgó el teléfono y la hoja de papel en la

que había tomado nota estaba cubierta de itinerarios, Victoria se preguntó: "¿No es todo esto una locura? ¿Por qué se me hace tan imperioso ahora después de tanto tiempo?"; para luego responderse a sí misma: "Es que vivías en compañía. No necesitabas buscar explicaciones cuando encontrabas solidaridad y complicidad en sus ojos. Las respuestas te llegaban antes de formular la pregunta. Caminabas mano en mano, y los pasos se hacían fáciles, el pan siempre sabía a recién horneado... aún las separaciones eran presagio de la alegría del reencuentro y luego fue el lento acostumbrarte a su ausencia, a aprender a aceptar que su voz sólo vive dentro de ti, que se ha evaporado su olor, salvo en tu memoria... Aceptar el dolor de la carencia te llevaba todas las fuerzas... Y si fue difícil aprender a vivir en soledad la compañía interior, más difícil ha sido conseguir que le deje apertura al ahora, que el recuerdo que te sustenta no le impida su frescura a cada nuevo momento".

Se puso de pie y respiró profundamente: "Es para darle mayor sentido al presente que quiero mirar atrás". Y se dispuso a hacer la maleta. Al pasar frente al armario miró su figura en el espejo. "Hice bien en comprar este conjunto crema, me hace parecer más alta. ¿Debiera teñirme el pelo? Se sorprenderán cuando me vean por primera vez con el cabello blanco..." Sin embargo, el contraste de la abundante cabellera cana y brillante con las cejas negras y un cutis fresco, sin arrugas, se le antojaba su mejor retrato presente. "¿Por qué los espejos se empeñan en devolvernos una imagen de nosotros que no es la que llevamos dentro, esa con la cual nos identificamos? Por eso no me gusta mirarlos. Me obligan a reconocerme en quien no me acuerdo que soy."

Entonces recordó la canción: "…Pero me queda la risa revoloteando en el alma…" Y el rostro que le sonreía en el espejo no tenía edad.

IV. Miami, Florida. 1958

Cuba, palmar vendido,
sueño descuartizado,
duro mapa de azúcar
y de olvido...

Nicolás Guillén, *Elegía cubana* (1948)

Las sombras desaparecieron, ahuyentadas por la verticalidad triunfante del sol de mediodía. Las ramas del framboyán, pobladas de flores con cinco pétalos encendidos, eran como llamaradas esparcidas por el parque vacío.

Los tres amigos avanzaron con sigilo junto a los setos de adelfas que bordeaban los senderos desiertos de paseantes, quienes aguardaban el frescor de la tarde refugiados en sus casas de madera, con marcos y puertas pintados de un inevitable verde, o en la oscuridad de un bar cercano, bajo las aspas de los ventiladores que aliviaban en algo el calor tropical.

La ciudad, nacida de la determinación del millonario Henry Flagler de establecer un ferrocarril que llegara al extremo sur de la Florida, y crear un lugar de recreo donde refugiarse durante los inviernos del norte, se había convertido en un reducto apacible para sus habitantes, cuya composición cambiaba como cambia la orilla de la playa con las mareas: baja de visitantes en el verano, alta en el invierno. Ahora, la población se engrosaba con la presencia de los jubilados que agradecían el sol y el bajo costo de la vida, y los descendientes de esclavos africanos, quienes realizaban las labores peor retribuidas como estibadores, jardineros, conserjes y sirvientas. Al final del otoño se abrían hoteles y locales que, al contrario del ritmo usual de la naturaleza, hibernaban durante el verano, para poblarse en invierno con el flujo migratorio de norteños con medios para darse el lujo de escapar de la nieve, seguidos por quienes venían a entretenerlos y servirlos, entre los cuales figuraban algunos músicos y cantantes de origen hispanoamericano, que vivían entonces en la ciudad blanca y verde, con porches cubiertos de tela metálica para ahuyentar las bandadas de mosquitos pertinaces, y extensiones de césped cuidadosamente cortado.

Los pedazos de pan colocados por los chicos en medio del sendero no ofendieron por mucho tiempo la límpida grava, devorados por las palomas que siguieron la ruta de su insaciable apetito, hasta quedar atrapadas en la red. "¡Qué suerte, hemos cazado cinco! ¡Hoy sí que matamos el hambre! Vengan..., tengo el sitio perfecto para asarlas", exclamó uno de los muchachos con entusiasmo.

El aire cargado de salitre traía los aromas penetrantes del mar cercano: el olor amargo del petróleo de los barcos; el olor a pescado, por oleadas fresco o rancio; el olor pegajoso y agrio del limo oscuro de los manglares, y, resaltando entre todos, el olor punzante de las algas secas, serpentinas grises y negras de sargazos quemados por el sol. Poco a poco, el aroma de paloma asada fue desplazando aquellos olores marinos. Los chicos guardaron silencio mientras devoraban las aves que el parque y su ingenio les habían regalado.

"Aquí hay un poco de salsa de tomate y de pepinillos, cortesía gringa", dijo el más jovial de los tres, mientras repartía pequeñas bolsitas plásticas de condimentos que ofrecían sin costo alguno en una cafetería cercana, donde compró con sus últimas monedas el pan que atrajo las palomas.

Nadie más habló hasta que del improvisado festín sólo quedaron los huesos. Después, volvió la conversación constante y única que los absorbía: cuándo, cómo podrían regresar a Cuba para derrotar a Batista, a aquel sargento que se había apoderado por segunda vez de la isla, único responsable de que sus familias los hubiesen obligado a interrumpir sus estudios, enviándolos al norte protector con poco o ningún dinero, pero al menos con la seguridad de que no serían detenidos ni asesinados como tantos otros jóvenes cubanos. Allá, pensaban los padres confiados, se las arreglarían para sobrevivir con lo que les enviaran. O podrían conseguir empleo y hasta una beca. Pero todo aquello era un sueño imposible. La cruda realidad era que sobrevivían cazando palomas en el parque junto al mar, con tal recurrencia y empeño que las numerosas bandadas empezaban a dar señales de merma.

Los jóvenes no se daban por vencidos. Sentían que eran ellos, junto a otros valerosos compañeros que peleaban en las montañas de la Sierra Maestra, o en los montes escarpados del Escambray, en el centro de la isla; quienes tenían que liberar a Cuba de tanto yugo y de tanto lastre, del analfabetismo y del desempleo, de la miseria creada por el monocultivo y la explotación de la caña en manos extranjeras.

Corría el año 1958, y Cuba llevaba esperando la liberación verdadera desde que en 1868, con las campanadas del ingenio "La Demajagua", el prócer Carlos

Manuel de Céspedes y un puñado de valientes iniciaran la lucha por la independencia y la abolición de la esclavitud. Una gesta reiniciada en 1895, después de la tregua que siguió a diez años de lucha y retomada una vez más en las primeras décadas del siglo veinte por Julio Antonio Mella y otros jóvenes patriotas en contra de la tiranía de Gerardo Machado. Ahora, les tocaba a ellos dar término a aquella labor inconclusa.

Históricamente, la victoria había sido parcial, dando por resultado una República falsamente libre, estrangulada por la corrupción, como bien denunciara día tras día el líder del Partido Ortodoxo Eduardo Chibás en su programa radial, interrumpido para siempre por un disparo suicida ante el micrófono el 15 de agosto de 1951, que si bien repercutió como "el último aldabonazo" en el corazón cubano, condujo lamentablemente a que Fulgencio Batista se apoderara nuevamente del país el 10 de marzo de 1952, instaurando un régimen de oprobio donde la República expiraba bajo la bota militar.

Lentamente, el aroma de palomas asadas se esfumó. El calor impregnado de humedad les animó a moverse, y se fueron, cargados de ilusiones y promesas, por la Avenida Biscayne (trasunto evocador de "Vizcaya" en inglés), caminando entre la doble hilera de palmas reales, cuya imagen aumentaba la nostalgia por la isla añorada, cercana, inaccesible.

Según una de las múltiples anécdotas del historial del exilio, donde se entretejerían con el tiempo lo verdadero y lo apócrifo, aquellas palmas procedían de Cuba, traídas conjuntamente con barcos llenos de la fértil tierra de la isla para que pudieran crecer. "Los yanquis ya no sólo compran la tierra en Cuba, sino que Batista se las vende y los deja llevársela", rezongaron los chicos.

Mientras, en Cuba, aquel mismo sol castigaba inclemente tres cuerpos jóvenes cuya sangre empapaba la tierra de un camino solitario. En sus camisas, las manchas rojas se transformaban en brillantes pétalos de framboyán.

V. Irene

El pelo de Irene, encendido por el tinte de la *henna*, rivalizaba con los reflejos de aquel atardecer donde el calor cedía terreno al fresco nocturno. El sol desaparecía detrás de "El León Dormido", mientras el Mediterráneo iba dejando de ser azul sin perder su brillo esmaltado, y la blanca tierra alicantina se tornaba levemente dorada.

Irene miró fijamente a Victoria, con aquellos ojos enormes que su amiga nunca había podido definir si eran verdes o dorados.

—Quisiera entenderte, Victoria, y no te entiendo. Has venido hasta aquí a buscar respuestas. Pero, ¡si tú has sido siempre la que lo has sabido todo...!

—Vine a verte primeramente a ti porque eres la que te has ido más lejos.

— ¿De veras? Yo creía que Clara, metida en un convento de clausura, estaba más lejos del mundo. Yo vivo bien metida en él...

—No sé. A veces nuestro mundo no es el que pisamos, sino el que llevamos dentro.

—¿Cómo será el mundo que lleva Clara dentro? ¿Te lo imaginas?

Victoria dejó de mirar a la amiga a quien no había visto por tantos años. Levantó la vista, más allá de la buganvilla de rojo exuberante, sobre el perfil de la costa remota, hasta el azul donde se alzaba inconmovible el peñón de Ifach. Sí, creía imaginarse algo de lo que llevaba Clara dentro. Porque recordaba con nitidez cada una de las horas de aquellos días en la vieja hacienda entre cañaverales, y sobre todo, aquel último amanecer en que Clara, aquella chica cuya seguridad siempre había dominado al grupo, se transformó sorpresivamente en una aparición, despeinada, con el camisón ensangrentado, vagando desconcertada entre los cafetos plantados años atrás por su abuela.

Pero lo que no lograba entender era qué tenían en común esta Irene sofisticada, que cubría el bikini con un pareo de seda estampada en *batik*, que cruzaba las piernas como si posara para un fotógrafo, que incorporaba profusamente a su pronunciación las "ces" y las "zetas" y adoptaba el uso del "vosotros" y el *stacatto* brusco de la meseta hasta perder la dulzura del habla caribeña, con la chiquilla más callada de las seis, la que observaba a las demás para imitar sus gestos, insegura de su propia posición en un grupo que la había incluido sin reservas.

En aquellos días donde la ilusión y la inocencia se esfumaban con cada nuevo horror, con la visión de los jóvenes estudiantes que aparecían asesinados con un balazo en la nuca en una esquina, en cualquier calle de La Habana, o en sitios retirados como el lujoso barrio de "El Laguito", Irene fue siempre la más callada, la menos sorprendida y a la vez la menos ofendida, quizá porque, a diferencia de las otras cinco, la vida no le había regalado la apariencia de seguridad en el confort diario.

—Oye, chica, ¿adónde te me has ido? —reclamaba ahora Irene ante el largo silencio de Victoria—. A ver, explícame tú... ¿qué es realmente lo que quieres saber? ¿De qué te hablo? ¿De quién te hablo? ¿De mi primer marido? ¿De Nicolás? ¿De mis hijos? ¿De mi trabajo? ¿De mi último viaje?

Victoria la miró, como queriendo reconocerla detrás de la sutil ironía. Y sin saber qué otra cosa decir, recurrió sencillamente a la verdad:

—Todo eso me interesa, por supuesto, pero esperaba que pudiésemos hablar de Cuba.

—¿De Cuba? —la risa de Irene rebotó contra las rocas en el atardecer, con inusual estridencia, como si se hubiesen despertado de repente todas las cigarras del campo—. ¿De cuál Cuba? ¿De la de los de Miami? ¿De la de Fidel? ¿De la de los turistas?

Y después de una última carcajada:

—¿De la vuestra? ¿O de la mía?

Entre las dos últimas disyuntivas, Victoria creyó adivinar un abismo más extenso que el existente entre la Florida y el archipiélago antillano.

—Quisiera que llegáramos a hablar de nosotras, Irene. De las seis, de que hemos encontrado una manera subliminal de referirnos a algo que recordamos y no queremos discutir. Pero..., aunque me dijiste que viniera, no sé si realmente deseas este diálogo.

—Lo que quería era verte, saber de ti, cómo estás, cómo has superado todo lo que te ha tocado vivir.

—Creo que quieres decir perder... —en la voz de Victoria temblaba el dolor de la ausencia—. Yo también imaginé que hablaríamos de muchas cosas. Quisiera saber todo lo que te ha ocurrido, y me gustaría también conocer a Nicolás y a tus hijos. Pero pienso que debemos empezar por aquello.

Irene se llevó la copa a los labios, pero apenas probó el vino que tanto había alabado al abrir la botella.

—No sé por qué.

—Pues si te es difícil te lo agradezco aún más.

— ¿Difícil? Pues tampoco... ¿Crees que vas a poder ponerle nombre a mis sentimientos? Me parece algo más bien desagradable y pueril. Aquello pasó y pasó. Ha costado mucho llegar hasta hoy. ¿Por qué tenemos que empañarlo con cosas de antes?

—Entonces, ¿por qué cada año en la misma fecha me envías, nos envías a todas, una tarjeta?

Esta vez Irene quedó en silencio por un largo rato. Se levantó, y se apoyó en la baranda de la terraza con la mirada fija en el mar lejano, cuyo brillo de porcelana parecía poder tocarse con la mano.

Por fin, se volvió hacia Victoria y la increpó, con un extraño brillo en la mirada:

—Fuimos culpables de la muerte de tres chicos. Y tú quieres hablar de ello como si se tratara de uno de los personajes a los que entrevistas para tus periódicos. Pero nosotras ni somos figuras famosas, ni tenemos nada de qué enorgullecernos, al menos con relación a este tema. ¿Por qué no lo dejas en paz?

—Porque nos duele, porque nos preocupa, porque queremos estar seguras de que ninguna lo olvida y nos lo recordamos cada año con un ingenuo pacto de silencio. Porque somos adultas y podemos hablar de todo. Pero antes que nada, porque es nuestra historia.

De nuevo se hizo el silencio. Un silencio largo, como niebla espesa que ningún rayo de luz logra penetrar. Hasta que Victoria, levantándose para marcharse, dijo:

—Mira, Irene, obviamente no he sabido empezar bien esta conversación. Pensaba irme mañana, pero postergaré mi viaje. Aunque no lo creas me da una inmensa alegría haberte visto. Pero de veras sería una pena no conversar con honestidad. Ya sabes dónde estoy alojada. Hablar no hace daño y casi siempre ayuda. Si tú no lo necesitas, yo sí. Me encantaría que me llamaras.

Y tras una pausa, añadió:

—Te lo agradeceré.

Después de abrazar a Victoria en silencio, Irene se quedó inmóvil mirando el mar. Y poco a poco dejó de ver la superficie serena del Mediterráneo: el azul cambió de intensidad y se fue encrespando hasta que las olas gigantescas empezaron a chocar contra las rocas cortantes, que los pescadores llamaban "diente de perro" por sus filosas aristas, hasta alzarse amenazadoras sobre el muro del Malecón habanero, bañando de espuma y salitre los soportales de las casas al otro lado de la transitada avenida.

Era la primera vez que Irene veía el mar y la llenó de miedo. Las salpicaduras le humedecieron el cabello y las cintas nuevas, rosadas, que había atado con tanto orgullo en las trenzas prolijas para esa primera visita a la capital, colgaban ahora mustias, como el vestidito de piqué blanco que esa misma mañana su madre había planchado con la plancha de la dueña de la pensión humilde en la barriada de Luyanó.

Su padre había insistido en que lo primero que debían ver en su visita a La Habana, planificada durante tanto tiempo, era el Malecón, pero Irene sólo deseaba alejarse de aquel monstruo azul enardecido que parecía gritarle que regresara al campo, al batey del ingenio protegido por el verde de los cañaverales, interminables como el mar, pero seguros, predecibles, con un vaivén parecido al de las olas, pero cuya única salpicadura era un murmullo de brisa.

Sólo al cabo de varios días comenzó a perderle el miedo al mar. Ya casi terminaba la semana que habían previsto pasar en la ciudad cuando su padre decidió que debían visitar el Castillo del Morro. A Irene le aterraba subirse a aquel barquito que cruzaba la bahía, pero estaba acostumbrada a confiar en su padre, que con tanta paciencia la había llevado por toda la ciudad, enseñándole las enormes casas de "El Vedado", con inmensos portales, entradas con majestuosas columnatas, con escaleras de mármol, rodeadas de jardines donde las flores más variadas trazaban senderos que dejaban entrever alguna fuente o una estatua, y algún banco en que el verdín había creado nuevas vetas en el mármol. "Así sabía vivir la gente rica", decía su padre, para luego añadir a manera de comparación, al mostrarles los edificios modernos de Miramar: "Así les gusta encerrarse ahora a los ricos en esas torres de cristal".

También les había mostrado los edificios de La Habana Vieja, aquellos palacios coloniales carcomidos por los años y la humedad tropical, divididos en tiendas y oficinas, convertidos en colmenas humanas, sugiriéndole que mirase hacia arriba, más allá de los carteles que cubrían las paredes con sus engañosos anuncios de "Materva", "Trimalta Polar", "Cerveza Cristal", "Hatuey, la gran cerveza de Cuba", "Fume Partagás, el cigarro que gusta más", "Cigarros Trinidad y Hermano", e insistiendo: "Fíjate con qué cuidado construían. ¿Ves esa cornisa? Quien diseñó algo así quería crear algo bello, los obreros que lo construyeron debieron sentir orgullo de su trabajo".

Su padre había querido que ella también se sintiera orgullosa de La Habana: "Aunque no vivamos aquí esta ciudad es tuya, es de todos los cubanos". Pero Irene estaba demasiado asustada por el ruido de los cláxones impacientes, de los ómnibus o "guaguas" donde los conductores animaban a los pasajeros a abrir sitio gritándoles "pasito a'lante, varón"; de los vendedores ambulantes pregonando sus mercancías: "Hela'o, hela'o, rica piña y manteca'o", "Tamal, calentito, con picante y sin picante", "Coquiiiito acaramela'oooo", que buscaban la menor ocasión para estafar a los "guajiros", como llamaban a la gente de otras provincias.

Y precisamente el segundo día, después de haber caminado varias horas, su padre decidió comprar unos sándwiches conocidos como "medianoches" que exhibía un vendedor ambulante dentro de una caja de cristal, desde donde atraían con visiones apetitosas de jamón, queso y pepinillos, que luego resultaron ser asomos de tiras estrechas en un pan vacío. A Irene le dolió profundamente la estafa hábil, no tanto por el hambre sino por la premeditación. Como vivía a la sombra de un central azucarero, había oído decir muchas veces que los ricos se aprovechan de los pobres, pero que otro pobre como ellos los estafara, sólo porque venían del campo, la había hecho sentir que allí nada le pertenecía. En esa semana había aprendido a mirar, a ver más y mejor, a descubrir verdades, buenas o malas, ocultas detrás de otras realidades. Aunque la inundaban los sentimientos más diversos, el de orgullo no figuraba entre éstos.

Ahora tendría que experimentar qué era un barco, qué se sentía al estar sobre las olas. "Alguien supo poner empeño en crear este casco capaz de resistir los embates del mar", estaba diciendo ya su padre. El barco era pequeño, suficiente para la veintena de pasajeros a bordo, pero minúsculo en relación con la inmensidad del océano.

El capitán le extendió una mano callosa mientras su padre la empujaba suavemente por detrás, y en breve estuvo dentro de la embarcación, animada por la sonrisa breve de la madre, que nunca se atrevía a sonreir abiertamente para que no le vieran los dientes cariados de quien se había criado en un bohío, donde muchas veces un vaso de agua con azúcar era el único alimento.

Irene se cogió de la mano de su madre, cuyos dedos le parecieron menos cuarteados y ásperos que una semana antes. En su primer día de vacaciones habaneras, su padre le había regalado a su mujer un tarrito de crema. Irene la había visto destaparlo cada mañana con detenimiento, como algo precioso, para ponerse un poquito apenas en el rostro, pero luego darse masajes de una mano a la otra, estirando cada dedo, pasándosela alrededor de cada uña, en las yemas agrietadas. Ahora Irene sentía en aquella mano que apretaba la suya, (¿sería posible que su madre también tuviera miedo?) una muy diferente a aquella que parecía hecha de lija y cuero, con una tersura similar a las manos de carpintero de su padre, que eran callosas, sí, pero no agrietadas por el jabón y la lejía.

La niña se empeñaba en mirar hacia dentro del barco para no ver el mar, como si por no mirarlo fuera a desaparecer. De momento la sobresaltó el griterío de las gaviotas sobrevolando un barco de pescadores que entraba en la bahía, adivinando las cajas con la pesca en la bodega, rozando casi el puente, picoteando con sus graznidos el cielo, como para abrirle camino al sol, entre las nubes que presagiaban tormenta. Finalmente, una gaviota atrevida se abalanzó sobre una de las cajas rebosantes de pescado y logró elevarse con su presa.

Irene no pudo sino sonreír al ver la osadía de aquellas aves. Y sin darse cuenta se ensimismó en observarlas, y vio a alguna lanzarse sobre el agua y salir triunfante con un pez que devoró posada en el mástil del barco. Pero no eran sólo las gaviotas quienes pescaban desde el aire. Había pelícanos de cuellos flexibles que usaban sus enormes picos como redes, y cuyas figuras desgarbadas contrastaban con la belleza de su vuelo y la seguridad con que se lanzaban en pos de sus presas.

Y de momento el mar dejó de parecerle un monstruo amenazante y se convirtió en un universo vivo, pleno de sorpresas insospechadas: unos delfines se habían acercado al barquito, como si quisieran guiarlos en su cruce de la bahía. Saltaban, arqueando los lomos, y volvían a sumergirse con tal gracia que evidenciaba su armonía con el mundo líquido. A Irene le pareció que gozaban de la misma libertad de los pájaros que rasgaban el aire de los cañaverales, y cuyo vuelo la había cautivado siempre. Y al despejarse las nubes, llevadas mar adentro por la brisa, como obedeciendo a los graznidos de las gaviotas, agua y cielo se confundieron en un mismo azul con presagios de infinitud.

Ahora, de vuelta a la realidad, contemplaba nuevamente el azul profundo de este otro mar, tan lejos del suyo, que sabía finito porque conocía bien sus costas y sus puertos. Este Mediterráneo poblado de islas que había ido recorriendo una a una, de Formentera a Mikonos, de Sicilia a Creta, de Ibiza a Corfú, a Malta, a Cerdeña, siempre en busca de otra isla, la que no quería volver a ver. "Que no quiero verla... ¡No, que no quiero verla!..." Pero por más que se repetía los versos de Federico, identificada con su negativa a ver "la sangre sobre la arena", sabía que soñaba cada día con aquella isla que se negaba a volver a ver, sin que importara el sitio donde estuviera.

Al hacer un gesto, como para alejar la idea de regresar a una isla que ya no sería la suya, la que amaba con la pasión de un amor secreto pero que no quería ver transformada, el vino se derramó sobre la baranda, sobre sus piernas, sobre la buganvilla. Quizá Victoria tenía razón. Dicen que cuando se derrama el vino es presagio de cosas buenas. ¿Qué daño podía hacerles el hablar? No sería fácil revivir la imagen de aquellos tres cuerpos jóvenes acribillados a balazos. Pero, ¿acaso había podido desterrarlos ella del recuerdo? Y Victoria había cruzado el Atlántico porque ella le había dicho que viniera. Lo menos que se merecía era una conversación. No le gustaba hablar de Cuba porque la pérdida que acariciaba en su propia intimidad se volvía un dolor intolerable al sacarla a la luz. "Aunque lo cierto es que si me hubiera quedado en Cuba, jamás viviría como vivo", pensó lanzando una mirada a su alrededor, a la vista que abarcaba desde la terraza, a los olivares que rodeaban el chalet. "Vamos, que hasta tendría que darle gracias a Fidel", se dijo, tratando de espantar la pena de la ausencia con la ironía.

Pero después de extinguirse aquella sonrisa que no era sino un resquicio a la amargura, volvió a pensar en Victoria. "A pesar de la distancia entre su vida y la mía, y los caminos tan distintos que hemos elegido, lo cierto es que aquellos años del bachillerato, aquel descubrimiento de la vida y la muerte, han sido un pilar sobre el que se sostiene todo lo demás. Victoria los ha hecho revivir, dotándolos de inmediatez, y ahora no querría enterrarlos de nuevo."

Se acercó al teléfono y marcó el número del hotel donde se alojaba la amiga que sólo hoy, después de muchos años, había vuelto a ver. Victoria había traído la isla atada a la blanca bata ibicenca que lucía con tal naturalidad, y sin imaginárselo su presencia había sido suficiente para llenar el salón con un olor a mangos y guayabas, a jazmines y gardenias..., inundándolo de la fragancia verde del guarapo, y el aroma dorado e insinuante del jugo de caña hirviendo en las pailas, convirtiéndose en melado de olor oscuro y profundo, penetrante, inolvidable y familiar.

VI. Antonio Eliseo

> Tú eres pobre, lo soy yo;
>
> soy de abajo, lo eres tú:
>
> ¿de dónde has sacado tú,
>
> Soldado, que te odio yo?
>
> *"No sé por qué piensas tú"*
> Nicolás Guillén, *El son entero* (1952)

Los adoquines de la calle brillaban por la humedad. Aunque breve, el chaparrón tropical había sido súbito y abundante. Antonio Eliseo estaba empapado. No había tenido tiempo de refugiarse bajo un soportal antes de que lo golpeara la primera ráfaga de lluvia.

Caminaba rápidamente, sacudiéndose las gotas enredadas en el pelo rizado, sujetando contra el pecho el paquete envuelto en un tosco trozo de lona, por una callejuela en que las casas parecían irse acercando cada vez más, de acera a acera, como si la cercanía de siglos las invitara a una mayor intimidad.

Por fin su mano se posó en la del aldabón de hierro de la puerta claveteada. Tocó tres veces, y temió por un momento que sus golpes pudieran echar abajo aquellos tablones carcomidos por la humedad y el paso de los años, cuyos remates inferiores ya eran incapaces de impedir la entrada de ratones, cucarachas o insectos que se sintieran atraídos por el oscuro frescor del interior.

—Pasa, m'ijo, pasa —le dijo con cierta urgencia la mujer delgada que le abrió la puerta—. Tengo'e decirte algo y luego te me vas enseguidita —añadió, secándose nerviosa las manos en el delantal.

El chico apenas había traspasado el umbral cuando la anciana de largo pelo canoso le dijo entre gemidos, pero con energía:

—¡Se acabó la repaltidera 'e papeles desde e'ta casa! Y no enredes más a Beto en na' de e'to. Ayel se lo llevaron a *Ilé Ochosi,* la e'tación de policía, y pasé una angu'tia horrorosa. Meno' mal que me lo salvaron mi Virgencita 'e Regla, mi Ochún y mi San Lázaro...

Y miraba con agradecimiento a un rincón de la sala, donde se advertían varias estatuillas de yeso, pintadas con colores brillantes, sobre una mesa cubierta con un mantel tejido a ganchillo. Junto a una imagen de manto triangular y rostro negro, la Virgen de Regla; se erguía otra, de rostro claro, flotando sobre un bote de remos en el que tres hombres le rezaban arrodillados. Era la Virgen de la Caridad, adorada además como la deidad africana Ochún, en un sincretismo mágico y maravilloso. A su lado, la venerada imagen del hombre semidesnudo, apoyado en una muleta, a quien un par de perros macilentos le lamen las llagas purulentas de la lepra. Completaba el sagrado cuarteto la estatuilla de una mujer con corona y espada de latón y un manto de color rojo punzó.

—...Y Santa Bárbara bendita... y el e'píritu de un congo que nos protege... que a *Ilé Ochosi* é fási' entrá, pero difísi' salí...

—¿Y dónde está Beto, señora Manuela?

—E'tá 'onde no quiero que se encuentre contigo ni con naiden que me lo pue'a dañar. Que ese nieto es to' lo que tengo. Y mi misión es cuidá' d' él. E'ta mañanita lo monté en el tren lechero y mis primos 'e Nuevitas no lo van a dejál metelse en na'. Mira, déjame ponelte eta protección de San Lázaro bendito.

Y, sacando del bolsillo de su bata ajada un escapulario, lo colgó al cuello de Antonio Eliseo.

—Me lo bendijo mi babalao. E' como el que llevaba Beto y ya vé', le preguntaron, le metieron miedo, quizá jasta le dieron algún empujón, pero no lo maltrataron, ni le pusieron corriente elé'trica, como dice la gente por ahí. Me pasé casi t'oa la noche e'perando en la puelta 'e la E'tación, y a ca' policía que veía le 'ecía: "Mire que sólo tiene catorce años. No me lo vayan a e'tropeal". Cuando me lo entregaron esta madrugá' me fui p'a la otra e'tación, p'a la 'e trene... Y ahora, ándate pa' tu casa. Bota ese paquete en el río. ¿Qué creen que va' a lográ' con to' eso 'e repaltí' papele'? Si toítica la gente ya sabe lo que pasa... pero no hay na' que lo' cristiano' podamo' jacél. Cuando Santa Bárbara crea que ha llega'o la hora, ¡ya jará caer un rayo que bien lo' parta!

Y cogiendo una naranja de una cesta que tenía junto a la mesa desde donde las figuras imperturbables habían presenciado el encuentro breve, se la dio, y dijo:

—¡Que te protejan lo' santo'! Y tu e'píritu guía. Le pediré a mi madrina e'santo que se comunique con él y le alvierta de lo' peligro' en que etá'. Pero tú no te siga' metiendo en má' lío m'ijo.

Y lo empujó hacia la puerta, que abrió apenas para que Antonio Eliseo pudiera escurrirse, como si fuera uno más de los ratones que se colaban por las tablas carcomidas.

Antonio Eliseo regresó a casa por una ruta distinta a la que había tomado, abandonando por el camino el pesado paquete sobre el carretón de un carbonero, que había entrado en una casa a dejar su mercancía. Le dolía pensar que aquellas hojas mimeografiadas, creadas y financiadas con tanto esfuerzo, fuesen a parar ahora a un horno de carbón. Pero no podía arriesgarse a que las encontraran en su casa.

Se pasó la mañana encerrado, esperando que vinieran a buscarlo a él también. Pero en lugar de la aldaba lo que sonó fue el teléfono. Era Beto: "Qué suerte que estás ahí. Ha sido el Flaco. Le ha entrado miedo y no se ha sabido callar. En cualquier momento te van a buscar. Ya le avisé a Felipe. Y va a tomar el tren de las cinco y media. Vente tú también. Tenemos un plan".

Antonio Eliseo se alegró al menos por una vez de su independencia. Sus padres no estaban en casa. Había ido ahorrando cada centavo que podía de lo que ganaba ayudando por las tardes en "El Colmado La Palma", el almacén de víveres de unos españoles lo suficientemente acriollados como para darle a su negocio el nombre de la planta que era la verdadera enseña nacional. Sus modestos ahorros le permitirían comprar un billete de tren y tener algo para comer por unos días. Cuando su madre regresara a casa, ya se habría marchado. En cuanto a su padre, desde que había perdido el trabajo no salía de la cantina.

Antonio Eliseo recordaba al albañil de otros tiempos como si fuera un hombre diferente. Cuando era pequeño, su padre llegaba por las tardes, cubierto de cal, sudoroso y cansado, pero amable y sonriente. En aquellos tiempos su madre trabajaba en casa. Cosía para las vecinas y cuidaba de las dos hermanas mayores, cantando todo el tiempo canciones que contaban historias de la Guerra de Independencia:

Allá en el año noventa y cinco
y por las sendas del Mayarí
una mañana dejó el bohío
y a la manigua se fue el mambí...

O también viejas historias de amor:

Yo soy guajira, nací en Melena
en un ingenio del Camagüey
quince años tengo, me llamo Elena
soy dulce y blanda como el mamey...

Antonio Eliseo la veía levantar la plancha de hierro del anafre de carbón, pasarle el dedo humedecido con saliva para ver si estaba caliente, y luego limpiarla con una almohadilla húmeda antes de empezar a planchar el vestido que entregaría esa tarde, sin dejar de cantar:

Me despiertan las tojosas
salgo alegre con el sol
y voy a cortar las rosas
que alegre cuido para mi amor.
Montadita en mi alazán
a misas del pueblo voy
y todos dicen que soy
la más hermosa del manigual.

Y mientras marcaba con cuidado cada alforja, para que se levantara con firmeza geométrica sobre la tela

ligera, una sonrisa le iluminaba el rostro, y continuaba:

> *Yo tengo novio, de faz morena,*
> *que me visita en el cocal*
> *y como siempre me ve risueña*
> *dice que pronto se va a casar.*
> *Él es el mejor montero*
> *de los campos del Marqués*
> *y sabe que yo lo quiero*
> *y que deseo ser su mujer.*

Finalmente, luego de una breve interrupción donde quedaba como perdida en sus propios recuerdos, re-
tomaba la vieja tonada:

> *Casaditos ya,*
> *juntitos él y yo*
> *seremos de admirar*
> *por las dulzuras de nuestro amor…*

Si lo veía escuchándola por un rato lo llamaba: "Ven,
Toñito, que te cuento un cuento". Parecía tener siempre
uno distinto que contar, aunque luego él se dio cuenta
de que enlazaba y mezclaba fragmentos diversos para
crear, con los mismos personajes y situaciones, relatos
nuevos en los que Martina terminaba encontrándose con
el Gato con Botas, y Blancaflor no volaba ni en "Viento"
ni en "Pensamiento", sino en alfombra mágica con Ala-
dino. Otras veces le relataba el episodio más reciente de
la serie radial "Los Tres Villalobos": Rodolfo, Miguelón
y Machito, los hermanos quijotescos con reminiscencia

de mosqueteros, que imponían la justicia con sus pistolas por los campos de Cuba.

Ahora sus dos hermanas se habían casado, "mal casado" diría su madre echándole la culpa al padre de no haber podido hacerlas estudiar y prepararse, diciéndole que se habían ido con el primero que les propuso matrimonio con tal de huir del páramo en que se había convertido la casa. Su madre había logrado conseguir trabajo y agradecía poder hacer hilvanes y ojales y pegar botones para una modista con clientela pudiente.

—Son todas mujeres de militares —le había contado un día a Antonio Eliseo, mientras comían los dos solos, como ocurría con más y más frecuencia, porque el padre ni a comer venía ya muchas veces—. ¡Y se dan unas ínfulas! Como si fueran dueñas del país. Nos miran con desprecio. Sólo porque sus maridos usan botas.

—Y porque llevan revólver, mamá.

—Anda, hijo, no te metas tú en estas cosas. Mira que las paredes tienen oídos. Y a cualquiera se lo llevan por decir menos que esto.

Desde que había pasado la época de las confidencias, muchas veces comían en silencio. En ocasiones la madre, incapaz de ocultar su vocación de narradora, le contaba cuántos vestidos nuevos habían entregado ese día y cómo eran físicamente las mujeres que los vestirían, pero sin hacer la más mínima alusión a sus maridos.

Ya su madre casi nunca cantaba. Y si lo hacía, mientras preparaba la comida —hacía tiempo que él se encargaba de fregar los platos y cubiertos mientras ella se quedaba adormilada de cansancio en una mecedora—, Antonio Eliseo sólo la oía murmurar una y otra vez la misma estrofa triste:

Se va, se va la barca
se va con el pescador
y en esa barca que cruza el mar
se va también mi amor...

Una noche, sin embargo, Antonio Eliseo decidió hablar de su padre, poniendo su situación en la perspectiva social que sugería uno de los catedráticos del instituto:

—La culpa no es toda suya, mamá. Por años trabajó, siempre con un jornal mínimo que apenas alcanzaba. Tú misma lo decías. Y al fin, al ver que nunca llegaba a ahorrar, se convenció de que el único modo de salirse de aquella estrechez era ganarse algún premio: y se puso a jugar a todos. Que si la lotería, que si la charada, que si la bolita. El problema es que las oportunidades para jugar se multiplicaron desde que subieron al poder los militares, porque unas las controla el capitán, otras los tenientes, y en cada esquina hay un sargento que tira la bolita. Y un obrero que regresa a casa con un sueldo que no alcanza para mucho, tiene demasiadas tentaciones de probar su suerte en el trayecto entre el trabajo y la casa.

—No te quito la razón, hijo, que esto del juego y las cantinas en cada cuadra, en cada esquina, y la charada y la bolita, la quiniela o el "gallo tapao" en cada vecindario y en cada lugar de trabajo es una desgracia. Conozco a muchos como tu padre, a quienes les ha dominado el sueño de ganar. Pero hay que seguir haciendo un esfuerzo... ¡Mira en lo que ha terminado un hombre bueno!

—Pues, por eso, porque es un hombre bueno, hay que culpar a los verdaderos responsables. Ellos son los que han minado las vidas de todos.

—Hijo, por favor, ten cuidado. No sabes cuánto me alegra que seas compasivo con tu padre. Y más aún me gusta que aprendas a pensar, por eso me esfuerzo tanto para que vayas al instituto. Pero no puedes hablar así. En estos tiempos es un peligro. ¡No quiero que te pase nada! Tú prepárate, y ya llegarán tiempos en que puedas hacer algo por este país que lleva tantos años a la deriva, y en el que hombres buenos pero débiles como tu padre naufragan sin remedio.

—Lo malo, mamá, es que los tiempos no llegan solos. Hay que traerlos.

—Hijo, hijo, tú a tus estudios, que todavía eres demasiado joven. Por favor, júrame que no vas a meterte en líos.

—No te preocupes, mamá. A la fuerza bruta sólo podrá ganarle la inteligencia.

Ahora al dejar la nota, "Me voy por unos días. No te preocupes, es por mi bien. Te quiero mucho, mamá. Gracias por todo", sobre la vieja Singer, en la que tanto había pedaleado su madre para que sus hermanas fueran siempre bien vestidas, para llevar adelante aquella barca en la que su padre había dejado de remar hacía tanto tiempo, sintió una opresión en el pecho. Lo último que hubiera querido era hacer sufrir a su madre. Pero sabía que sufriría más si se lo llevaban los esbirros. A él ya le había llegado ese tiempo por venir del que hablaba. Vería qué planes tenían Beto y Felipe. Y si no eran buenos, ya crearían uno entre los tres. Por ahora lo importante era meterse en el tren sin que lo detuvieran.

Fue primero al almacén, como todas las tardes. No quería abandonar el trabajo sin dar una explicación.

No se atrevió a cargar con una maleta para no llamar demasiado la atención, por lo que decidió enfundarse en dos mudas de ropa interior, una camiseta, y encima una camisa. Se puso los zapatos, anudó los cordones de las zapatillas deportivas, y se las colgó al hombro. Era poco equipaje, y su aspecto le pareció totalmente natural, lejos de toda sospecha mientras caminaba por las calles céntricas congestionadas de vendedores ambulantes, donde el claxon de los autos anunciaba la impaciencia de sus conductores frente al carro de mudanzas a duras penas arrastrado por un caballo macilento, y frente a una araña, el carro amarillo de dos enormes ruedas de hierro, propio para caminos de tierra arcillosa, desde el que el lechero repartía las botellas de leche ordeñada esa madrugada en una hacienda lejana, o el camión que se había detenido interrumpiendo el tránsito de la calle estrecha para descargar su mercancía.

Al llegar al colmado, envolvió las zapatillas en la camisa, y fue a ver al dueño. Después de caminar entre las filas de sacos, unos llenos de arroz, otros con todas las variedades de frijoles: blancos, negros, colorados, tintos, de carita, caballeros; bajo las hileras de jamones colgados del techo, y de pasar entre los barriles de bacalao salado, los toneles de aceitunas, unas verdes, de piel lisa, cuyos huesos le gustaba retener entre los dientes, otras oscuras y maceradas, cuyo sabor penetrante se quedaba en la boca largo rato, las latas rectangulares de manteca de cerdo y las redondas de enormes chorizos que reposaban sumergidos en una grasa de color azafrán, lo encontró, como siempre, en un pequeño cubil de cristal que le servía de oficina y desde donde, de un modo que dejaba admirado a Antonio Eliseo, parecía saber hasta la última onza de pasas y el último adarme de comino que salía envuelto en un cucurucho de papel de estraza por sobre los altos mostradores oscuros.

—Don Ramón, lo siento mucho pero voy a tener que ausentarme unos días. Mi abuelo está enfermo y mi madre me encarga que vaya a cuidarlo.

Y por si acaso alguien preguntaba por él, añadió:

—Me voy para Matanzas en el ómnibus de las siete.

—Bueno, muchacho. Siento lo de tu abuelo. Gracias por venir a avisarme. Ya encontraremos a alguien que te sustituya por unos días. Aquí siempre tendrás tu puesto, que no es fácil encontrar chicos responsables como tú. Mira, llévale esto a tu abuelo —dijo, tomando una botella de anís El Mono del anaquel que cubría la pared posterior de la oficina. Antonio Eliseo, dolido por tener que mentirle al español, aun por necesidad, apenas murmuró:

—Muchísimas gracias, don Ramón.

Volvió a ponerse la camisa y se acercó al mostrador de pastelería. Eligió varias empanadillas y un pionono, y pidió que se los pusieran en una cajita, con un papel de celofán encima. Luego, con sus zapatillas colgadas del hombro, la cajita de pasteles en equilibrio sobre una mano abierta y la botella de anís en la otra, se dirigió a la estación de ferrocarril. Estaba seguro de que a nadie podría ocurrírsele pensar que era un chico en fuga, sino que, como todos los días, iba llevando un mandado.

En la estación avistó de lejos a Felipe, pero prefirió no acercarse a él hasta que llegaran a Nuevitas, y se fue al otro extremo del andén, donde un grupo de campesinos rodeaba a un vendedor de frutas que había colocado su mercancía sobre unos sacos de yute extendidos en el suelo. Un hombre de cuerpo macizo acababa de hacerle un reto al vendedor, señalando una pirámide de piñas: "Si me las pela, me las como".

Enseguida se tomaron las apuestas. "Nadien pue' comelse tanta piña", aseguraba uno. "Le apuesto un peso a que sí se las come", respondió otro. Y mientras el vendedor dejaba caer al suelo la cáscara de una piña tropical, afeitada por el filo de un cuchillo con mango de hueso, llovían las apuestas. La mayoría de los hombres apostaban las propias mercancías que llevaban consigo: "Apuesto ese saco de arroz contra este gallo fino". Y a medida que el hombretón devoraba una piña tras otra, subía de tono el afán de los postores: "Mi saco 'e calabaza' a que sí se las come", "Mi canasta 'e huevos...", "Estas dos gallinas ponedoras...".

Cuando ya no quedaba nada que apostar reinó el silencio, hasta que después de haber devorado la mitad de las piñas, el hombretón, secándose el dulce jugo con el dorso de la mano velluda, levantó del montón de desechos la piel de la última fruta, serpentina verdeamarilla a la que se adherían trozos de pulpa blanca, e increpó al vendedor:

—Compay, no me las pele tan mal. Les está quitando mucha pulpa.

El vendedor, que había ido viendo desaparecer la mercancía equivalente al sustento de la semana, no pudo aceptar la sorna del reproche, y se levantó, cuchillo en mano, dispuesto a castigar a aquel que había comido a costa suya. Fueron varios los brazos que se alzaron a detenerlo, salvando a uno de la muerte, y de la cárcel al otro.

El grupo se disolvió en medio de las protestas de quienes defendían que al retirarse de la apuesta el vendedor había perdido; y de quienes refutaban que con su actitud el comilón sólo había querido salirse del juego.

Los hombres volvieron a encontrar cada uno su lugar en el andén. El vendedor, ayudado por su hijo, un chiquillo que había mirado las apuestas y la discusión con ojos aterrados, guardó las frutas restantes en sus sacos de yute y se fue en busca de otro lugar donde exponerla, donde la doble vergüenza de la pérdida y la burla no le atenazaran el corazón.

Y el andén se volvió a poblar con los pregones de los vendedores del esponjoso "Pan de Caracas"; de las pirámides de raspadura envueltas en papel de celofán azul, rojo, amarillo; del manisero, que con la lata llena de cucuruchos de cacahuetes tostados pregonaba: "Maní... calentiiito... maní... maniserooo...".

Por fin, cuando el tren se acercó al andén, Antonio Eliseo subió a uno de los vagones de tercera y se acomodó junto a una ventanilla. Primero sus pensamientos se aferraron a la imagen que el propio tren le sugería. "Así vamos, por los rieles, sin salirnos de ellos, por un camino marcado, un camino de hierro. ¿Hacia dónde? Hacia donde nos llevan...".

Después de un rato se vio acosado por las chinches, que salían por el entretejido de mimbre que cubría los asientos de aquellos vagones disminuidos de categoría años atrás: en lugar de acoger familias en viajes de vacaciones, parejas de novios en luna de miel, o algún solitario hombre de negocios, habían sido relegados a llevar cargamentos de haitianos o jamaicanos, los nuevos esclavos de las plantaciones de azúcar, y a guajiros cargados con gallinas atadas por las patas con trenzas hechas con hojas de palma cana, o con sacos de yuca o boniato, o con un racimo de plátanos verdes que llevaban a vender a la ciudad.

Y mientras se levantaba en busca de otro asiento, con la esperanza de librarse de las chinches que le atacaban pertinaces las muñecas y los tobillos, a Antonio Eliseo se le ocurrió una imagen aleatoria: "Seremos sólo pulgas, muchachos sin entrenamiento, sin armas, sin dinero, pero los acosaremos hasta que se rindan".

VII. Irene

Vivo ya fuera de mí
después que muero de amor.

Santa Teresa de Jesús, *Vivo sin vivir en mí*

—Nos casamos ilusionados, Victoria. Al menos yo lo estaba y quiero pensar que él también. Éramos dos jóvenes idealistas, llenos de sueños. Íbamos a forjar un mundo mejor. ¿Recuerdas cuánto amábamos a *El Principito* y lo orgullosa que estabas de haberlo traducido del inglés para que pudiéramos leerlo cuando en Cuba apenas se conocía? Pues hay una cita de Saint-Exupéry que para mí lo explica todo: "Amarse no es mirarse el uno al otro, sino mirar los dos juntos en la misma dirección". Parecía tan perfecta, tan representativa de quienes éramos, pero en realidad es falsa. No basta mirar en la misma dirección. Si una convivencia va a sobrevivir como fuente de apoyo y crecimiento de dos personas y no como una condición inevitable, hay que mirarse el uno al otro, cada día, muchas veces al día.

A aquella hora temprana de la tarde, el bar de Altea en que se habían reunido estaba casi vacío, y sus muros encalados no sólo parecían brindarles protección contra el calor, sino también un espacio en blanco para escribir unas líneas que conectasen el presente y el ayer.

Victoria había elegido el sitio después de recorrer toda la mañana aquella colina empinada donde evocaba constantemente a Sebastián, en el rojo de cada buganvilla, cuyo entusiasmo por florecer siempre celebraban; en la galería de arte donde él le había comprado el cuadro diminuto con las dos granadas, una cerrada, la otra abierta. "¿Cuál te gusta más? ¿La que te invita dejándote ver lo que te ofrece, o la que te invita a adivinarlo?", le preguntó Sebastián, para luego colocarlo en un estuche que le entregó diciendo: "Para que lo lleves contigo y cada cuarto de hotel te sepa a casa…".

Observando el Mediterráneo desde la explanada frente a la iglesia, en lo más alto del pueblo, a Victoria le pareció oír su voz diciéndole, como en aquella ocasión, mientras descansaban al final de uno de tantos viajes compartidos: "Hemos dejado el mundo poblado de nuestros recuerdos…, siempre podremos volver a encontrarnos en ellos…".

Y así le parecía a ella ahora el mundo, dividido entre los sitios que habían recorrido juntos, en los que podía sentirlo a su lado, y aquellos en los que la soledad era más áspera, y su reclamo más urgente. Y luego, aquel entorno, el que ella mejor recordaba y que él no había conocido nunca sino en el pensamiento: la Cuba distante, evocada y contradictoria.

El bar blanco, sin memorias ni pretensiones por su propia ausencia de carácter, era un verdadero oasis.

—La relación exige —seguía diciendo Irene— de un cuidado constante: hay que preocuparse de la salud del otro, de la física y de la espiritual; de cómo las resonancias de la vida le van cambiando, mellándole unas veces, inspirándole otras. Y hay que asumir esos cambios para seguir al pie de alguien. Porque si no, se corre el riesgo de seguir en aquella primera dirección que nos unía mientras que, sin darnos cuenta, el otro dio vuelta a una esquina, o se le hizo difícil la marcha, o se adelantó dejándonos atrás.

—Los ideales comunes son hermosos, Victoria, pero no bastan —añadió—. Nos volvimos extraños el uno al otro, y en lugar de conocernos más íntimamente, nuestras limitaciones se nos hicieron cada vez más visibles hasta volverse insoportables. Ni siquiera los hijos nos unían. Cada uno los quería, pero a su manera. Por años pensé que él no supo aceptar mi desarrollo profesional, en lugar de permanecer a su sombra, apoyándolo, limitándome a celebrar sus triunfos y restañar sus heridas. Y que su acritud hacia mí venía tanto de las desilusiones de no haber conseguido plasmar en obra sus ideales, como de que mi trabajo, menos ambicioso que el suyo, me diera satisfacciones, que el organizar una excursión a un grupo de turistas dejándoles conocer un poco de su país me resultara importante. Y yo le echaba la culpa...

—Pero cómo no culparlo, si todas sabemos que fue un monstruo contigo... —no pudo dejar de responderle Victoria, que hasta entonces había estado escuchándola con total atención.

—Pues ahora que vivo una relación verdadera, y he aceptado que tenerla me exige una enorme dedicación, comprendo que aquel desastre no fue sólo culpa de Alberto...

—¿Lo has perdonado? ¿Puede perdonarse tanto abuso? ¡Si hasta te rompió un brazo!

—Perdonar es lo de menos. No puedo sentir rencor. Y el abuso no se justifica nunca. Pero hoy lo importante es lo que he entendido. A los dos nos sobraba amor a los ideales y a los hijos, pero nos faltaba amor el uno por el otro... Eso puede llevar a grandes frustraciones.

—Y eso del amor, ¿cómo lo defines? ¿Estás hablando de la atracción sexual?

—No hay manera de separar lo que piensas y lo que sientes por el otro. A mí la atracción me llega primero por la admiración, pero me hace falta también el olor, el sabor... El comienzo de nuestro error, el de Alberto y el mío, fue pensar que la relación podía sustentarse sólo de ideas y valores. Yo había perdido todo mi mundo y admiraba su intelecto; y él, que se había sentido siempre incomprendido, apreciaba mi apoyo. Pero eso no era buen cimiento para una relación. Cuando la atracción es total, de cuerpo y mente, y te dedicas a cultivar lo que piensas y lo que sientes, cada momento de la vida del otro se te hace precioso: lo que pueda estar pensando y cómo se mueve, su proyecto vital y hasta si se ha golpeado un dedo del pie, porque cada latido de ese cuerpo es importante, como lo es cada pensamiento. Y tanta emoción te causa oírle un comentario político o el análisis profundo de una novela como mirarle el lóbulo de la oreja derecha mientras conduce.

Luego de guardar silencio por unos instantes, como haciendo acopio de fuerzas, Irene prosiguió su argumento:

—Mira, dejo de decirte bobadas, pero espero que me entiendas. Se vive la vida en estéreo, frente a todo te preguntas qué piensas y qué pensará tu pareja, si algo le hará sufrir o le entusiasmará. Y lo hermoso es que no dejas de ser tú, no tienes que achicarte ni negarte. Cedes muchísimas veces, claro que sí, pero lo haces con integridad, sabiendo quién eres y qué quieres. Y concediendo desde esa seguridad, renunciando a veces, porque cuando son dos y se van a atender los deseos de ambos, muchas veces tiene que ser con base en renuncias voluntarias, inteligentes. Y cuando hay verdadera reciprocidad, gozosa siempre.

—¿Y eso has logrado? ¿Así describes tu matrimonio con Nicolás?

—Sí, Victoria. A estas alturas de la vida, eso he logrado. Y es lo que le deseo a todo el mundo... Pero sólo lo he conseguido después de aceptar mi responsabilidad en aquel primer fracaso doloroso... Mientras le echaba toda la culpa a Alberto, por más que su conducta externa fuese en muchos casos injustificable, cuando me dedicaba a condenarlo no era capaz de amar con el júbilo con que ahora lo hago, con la atención con que ahora me dedico a cuidar esta relación, como si fuera una copa de fino cristal...

—¿Y una relación verdadera es tan frágil? A mí me asustaría que mi vida dependiera de la fragilidad de una copa de cristal.

—¿Se te ha resbalado una alguna vez en el fregadero? ¿Sentiste la angustia de haber podido quebrarla? ¿Y la alegría de ver que seguía intacta? A mí me encanta beber el vino en copas de cristal... —dijo Irene, y levantó la que el camarero acababa de llenar.

—Por más copas de vino que lleve bebidas ya, jamás han perdido su encanto —añadió—. ¿Sabes cuándo fue la primera vez que probé vino? Fue en la fiesta de quince años de Mercedes. Me asombraba ver cómo para todas vosotras era una cosa natural. Yo levanté la copa con cuidado, porque me daba miedo que aquella columna de cristal tan delgada pudiera quebrárseme en la mano... Pero después que perdí el temor, sólo podía pensar en qué privilegio era vivir rodeada de cosas hermosas como las que había en vuestras casas... No me daba envidia, ni resentimiento. Me encantaba que las poseyérais y a la vez quería que pudiéramos poseerlas todos... ¡Cómo hubiera querido poder llevarle una de aquellas copas a mi madre! —y dejó escapar apenas un suspiro.

—Más de una vez, al dejar resbalar una copa, me he reprochado el dolor que sentiría si se hubiese roto, y ese temor ha incrementado mi aprecio por algo tan frágil y a la vez límpido y transparente —aseguró Irene—, quizá la metáfora no sea feliz, pero para mí es válida... La copa es la relación que alberga el amor, ese vino que paladeamos... y espero poder cuidar de la copa para que se conserve íntegra hasta que acabemos de escanciar todo el vino. Y cuando hayamos desaparecido, lo que hemos vivido quede a disposición de otros, de los que vieron más o menos de cerca esta relación. Después de tanto padecer en la primera experiencia, me costó mucho recuperarme por dentro. Y cuando al fin lo logré, lo único que me impulsó a arriesgarme de nuevo era el deseo de probarme, y probarles a mis hijos que ya estaban en edad de empezar a explorar sus sentimientos, que el amor es posible. Me resistía a creer que debía condenar al amor en sí mismo, y negar la posibilidad de que dos seres lleguen a lo que sí pueden llegar, a causa de mi fracaso y de tantos otros que vi a mi alrededor. Claro que tuve el ejemplo de mis padres. Ellos supieron amarse, y gracias a haberlos visto, ya sabía yo que era posible, aunque desde luego no tomé verdadera conciencia de ello hasta mucho más tarde.

Irene se sumió de repente en un silencio evocador y cómplice.

Una aguda clarinada anuncia el amanecer, y desde el corral vecino un segundo gallo contesta al reclamo, y pronto otros más se disputan el privilegio de despertar al sol. Irene se incorpora en el lecho de sábanas ásperas que su madre ha cosido con sacos de harina, lavados y blanqueados con lejía hasta empalidecerles los letreros, aunque todavía mientras se secan al sol puede distinguirse en ellas una sombra roja, Harina de trigo *y una azul,* Espiga de oro. *Irene sabe que no son los gallos quienes la han despertado, sino más bien el silencio precedente. Se esfuerza por escuchar la respiración de sus padres. En el espacio reducido del bohío, esa respiración la acompaña cada noche, pero ahora todo ruido viene de fuera: el murmullo del viento en los cañaverales, el golpe sordo de un mango maduro que acaba de caer de la mata, el chirrido de algún insecto...*

Se levanta... ¿Dónde estarán sus padres? Todo está demasiado oscuro para ver qué ocurre dentro o fuera del bohío. A la curiosidad se suma cierta angustia. Ni siquiera busca los zapatos, y se atreve salir unos pasos más allá de la puerta, en su ropa de dormir, hecha con un viejo camisón de su madre. Entonces los ve, a la luz del día naciente... La madre tiene recostada la cabeza sobre el hombro del padre. Su cabellera larga, que lleva recogida en un moño día y noche, se mueve ahora, suelta, como las hojas del cañaveral. El padre le rodea con un brazo la cintura, y con la otra le ha levantado tiernamente el rostro. Por primera vez Irene ve a sus padres fundidos en un beso... y como si obedeciera al gesto insólito, el cielo se ha teñido de rosa.

*La niña no se mueve. La luna palidece, aunque el
lucero de la mañana —se llama Venus, le ha explicado hace
apenas unos días su padre— continúa brillando con la
misma intensidad. La curiosidad y la angustia se han
convertido en una emoción nueva, innombrable, pero cálida
y fresca al mismo tiempo, como lo eran —no sabía que
podían recordarse— los brazos de su madre cuando la
acunaban de pequeña. De puntillas, aunque sabe que sus
pies descalzos no harán ruido sobre el piso de tierra regresa a
la cama.*

Esperar en silencio, mientras un interlocutor se pierde en los recuerdos o en el mundo interior, es algo que
Victoria ha aprendido a hacer. Como catedrática, su
objetivo es escuchar siempre las intuiciones e inquietudes
de los alumnos, ayudándolos a encontrar su propia voz.
Y como escritora, se ha especializado en realizar entrevistas, por lo que escuchar profundamente es algo que
ha venido cultivando. Serena, fija la vista en un punto lejano de la presencia de Irene, para que ni siquiera su
mirada interrumpa el flujo de los recuerdos. Cuando Irene
está dispuesta a reanudar el diálogo, es ella quien tiene
que llamar su atención, como si Victoria fuese la responsable de la pausa.

—Dime más de tu copa de cristal, me sigue preo-
cupando su fragilidad —dice Victoria, sin dejar traslucir
su curiosidad por saber qué pensamientos han ocupado
la mente de Irene, haciendo que se insinuase en su rostro
una sonrisa.

—Quizá toda analogía sea imperfecta. En realidad
estamos hablando de algo tan personal, tan individual,

tan tenue... No es algo que pueda generalizarse. Podría haberte hablado del desvelo de una madre por su pequeño, o el del jardinero por la rosa, pero también serían insuficientes. Lo que quiero decirte es que el cuidado tiene que venir de ambas partes. No cabe duda de que hay un robustecimiento de la relación, y cuando cometemos errores inevitables, muchas veces la fuerza de lo ya compartido ayuda a salir adelante frente a cualquier dolor causado involuntariamente por uno de los dos. Porque no faltará en algún momento la necesidad de decir "Perdóname...".

El padre ha regresado al bohío mucho más temprano que de costumbre. Tiene la mirada turbia de una mala noticia. Su madre se ha pasado la mañana terminando de coser un vestido azul pálido. Le ha hecho el dobladillo con puntadas menudas y luego lo ha planchado con tal atención, que Irene ha llegado a sentirse celosa de la tela brillante que la madre maneja con tal delicadeza. Le ha echado flores de azahar al agua con la que se ha lavado el pelo y luego se lo ha dejado suelto. Con un trozo de la tela del vestido se ha hecho una banda para sujetarlo.

Irene sabe que todos estos preparativos son para ir a la boda de su prima Estela. Su madre es la menor de nueve hermanos, y algunos de sus sobrinos, los primos de Irene, son ya mayores, como Estela. Su madre la manda a darse un baño en la palangana de zinc. Cuando ya está en el agua, le trae también a ella un manojo de flores de azahar.

—Pásatelas por el pelo cuando te lo enjuagues —le dice, haciéndola sentirse incluida en esa insólita alegría de su madre.

—Ven, cariño, vamos a vestirte a ti también —la urge, mientras Irene se seca con el toallón que su madre fabricó, uniendo dos toallas gastadas por el uso.

El vestido nuevo es una sorpresa. ¿Cómo pudo coserlo su madre sin que ella lo supiera? Y ¡qué bien le queda! El rosa pálido de la tela acentúa su color moreno. Pero lo que la maravilla son las rosetas de tela fruncida, dentro de las cuales asoman pequeños capullos de un rojo intenso.

—¡Qué bonito, mamá!

Irene quisiera abrazar muy fuerte a su madre, apretarla hasta volver a ser sólo una con ella. Pero no quiere arrugar ninguno de los dos vestidos. ¡Van a ser las más lucidas en la boda! Y se empina para darle un beso.

El padre no les dice nada. Ni siquiera ha notado que tienen vestidos nuevos. Recuesta un taburete contra un horcón del bohío, enciende un cigarrillo, y se queda mirando entre las volutas de humo las dos hileras de palmas que forman la guardarraya hasta el central azucarero, sin dar señales de prepararse para salir.

La madre espera a que tire la colilla apagada para decirle:

—¿Te pongo agua a calentar para que te laves?

—Así que hoy es el día, ¿verdad? Bueno, pues creo que mejor es que vayan las dos solas... Yo estoy cansado y quiero ir a dormir temprano.

La cara de la madre refleja más susto que sorpresa.

—¿Te sientes mal? —le pregunta, alarmada.

Él la tranquiliza: —No mujer, nada de eso. Pero estoy cansado y no estoy de ánimo para fiestas.

El temor se transforma en tristeza.

—Pero, Manuel, es la boda de Estela. Es mi ahijada...

—Bien, pues van ustedes dos, y basta. No tienen que quedarse hasta muy tarde. Y estoy seguro de que alguien las acompañará de vuelta si se lo piden.

Irene siente como si los trajes nuevos se hubieran deslucido. Ya no parecen recién planchados.

Y oye a su madre decir:

—Pues te preparé algo de comer.

Y a su padre, que le responde:

—Me haré un café con leche. No quiero nada más. Será mejor que se vayan.

Sin una palabra más, la madre coge a Irene de la mano, y se marchan por la guardarraya. La tarde ha perdido todo sabor a sorpresa.

Victoria se sorprendió al oír las próximas palabras de Irene. Ni siquiera durante aquellos años del bachillerato, en que se habían autonominado "las inseparables", le había confiado Irene nada íntimo de su familia. Por eso la escuchó con una especie de recogimiento:

—Sólo una vez vi cómo se rompía la armonía entre mis padres. Y lo peor fue que se trataba de un malentendido.

Su voz adoptó un tono de lejanía, pero luego continuó con vigor y sin interrupción un vibrante relato:

—A mi padre lo dejaron sin trabajo. Y se lo dijeron justamente el día en que se casaba una de mis primas. No quiso ir a la boda. Para él la pérdida de su trabajo era como la de su dignidad. No tenía fuerzas para enfrentarse a toda la familia, y menos en un ambiente de jolgorio. Y para no estropearle la fiesta a mi madre no le dijo lo que había pasado, y nos instó a que fuésemos solas.

"No tienes idea lo que eran esas bodas en el campo. Empezaban a media tarde, pero no terminaban hasta el amanecer. Asaban un lechón atravesado por una vara que hacían girar sobre un hueco en el que ardían varios troncos. De cuando en cuando le echaban a las brasas hojas de guayaba, porque su humo le daba un sabor especial a la carne. Los niños nos disputábamos a quién iba a tocarle el rabo del lechón, y luego nos conformábamos con trozos de cuero tostado, hecho chicharrón. Una vez listo el lechón, lo servían sobre trozos de yagua de palma, cubierto con hojas de plátano. La yagua es áspera, pero firme. La hoja de plátano lisa, como porcelana. Al lechón lo acompaña casabe húmedo cubierto de mojo de ajo y un buen congrí. Los mayores bebían cerveza, y los niños, guarapo.

"Tres o cuatro músicos tocaban incansables, una guitarra o un tres, un par de maracas y un güiro, y los decimistas ensartaban una décima con otra. Algunas nacían en el momento para hablar de los novios, de su encuentro y su noviazgo, de sus familias y de sus sueños; otras, contaban viejas historias del lugar, de otras bodas, de otros ensueños, pero no faltaban los relatos tristes de malas pasiones y una que otra traición.

"Cuando llegamos al lugar, mi madre se reunió con sus hermanas y me mandó a jugar con mis primos. Al principio todo parecía natural y quise convencerme de que era como mi padre había dicho: se sentía cansado y nada había de raro en que mamá y yo fuéramos solas. Pero cuando comenzó el baile, mi madre parecía otra persona. Siempre tan callada, tan pendiente de mi padre y de mí, me dejó con mis primos y desapareció. La veía pasar de vez en cuando, bailando una vez con uno, otra con otro. Al principio lo hacía con sus hermanos y con sus cuñados, pero luego se dedicó a bailar todo el tiempo con un hombre que yo no había visto nunca antes. Más tarde supe que vivía en un pueblo cercano y que había sido pretendiente de mi madre antes que ella se enamorara de mi padre.

"Todos seguían bailando y bebiendo. Yo me había separado de mis primos, y me quedé en una esquina, apoyada contra la pared, cerca de los músicos que tocaban incansablemente la guitarra, el tres, las maracas y el güiro. Desde allí trataba de seguir los pasos de mi madre. Todo se me había vuelto irreal. Estaba molesta con ella, por haber cambiado tanto de momento. También con mi padre, por no darse cuenta de todo lo que ella había trabajado en aquel vestido. ¡Tenía tan pocas ocasiones de lucirse y no cabía duda que, a pesar de sus dientes, que tanto la molestaban, era la más bonita de todas las mujeres en la fiesta!

"De momento sentí una mano pesada sobre el hombro y comprendí, antes de alzar la vista, que era mi padre. Sujetándome por un brazo, se adelantó hasta el centro del salón, y sin decir palabra apartó a mi madre del hombre con quien bailaba y la sujetó del brazo, como a mí.

"Aquello casi termina en tragedia. El hombre lanzó una bravuconada e hizo ademán de llevarse la mano al machete, que le colgaba del cinto en una vaina de cuero repujado, propia de los días de fiesta.

"Pero mi padre ni se volteó a mirarlo. Siguió sujetándonos a cada una de un brazo, y así regresamos a casa. No los oí decir palabra en todo el camino. Cuando llegamos a casa me esforcé durante mucho rato por quedarme despierta y escuchar lo que se dirían más tarde, pero al fin me rindió el sueño.

"Por varios días ni se hablaron. Papá salía al amanecer sin tomar siquiera una taza de café. Cada mañana mamá se levantaba más temprano para tratar de tener café colado antes de que se fuera, pero por mucho que madrugara, él ya se había ido y no volvía hasta bien entrada la noche. Luego supe que andaba buscando trabajo en otros pueblos.

"Mamá se pasaba el día en sus quehaceres, pero había dejado de cantar como de costumbre. No salía de la casa. Un día me mandó a buscar a uno de sus hermanos y me indicó que le dijera que viniera con su camión. Yo me asusté porque pensé que quizá iba a querer que nos fuéramos, pero sólo le pidió a mi tío Edmundo que le vendiera la cosecha de maíz, las calabazas y los tomates del huerto, y un saco de mangos que había ido recogiendo. No oí bien lo que le encargó que hiciera con el dinero, pero esa tarde mi tío le trajo una pieza de tela blanca y otra azul. Al día siguiente ella cosió todo el día, haciéndole a papá un pantalón y una guayabera, con tanta determinación como si de cada puntada dependiera su propia vida.

"Lo esperó hasta tarde, pero como no llegaba se fue a dormir y dejó las prendas sobre el respaldo del taburete de papá. Esa madrugada se tropezaron en la oscuridad: él dispuesto a salir, ella tratando de encender el candil para hacerle el café. No sé si ella se echó a llorar primero y él a reír después, o si los dos lloraban y reían al unísono. Ese día mi padre encontró trabajo en el central Florida.

"Papá, que rechazaba toda superstición, decía por halagarla que la ropa nueva le había traído suerte. Y mamá me decía que le había rezado a San Antonio bendito y a Yemayá mientras la cosía, aunque nunca dejó que él la oyera decir tales cosas.

"A la semana siguiente me dejaron en casa de una de mis tías mientras hacían la mudada. Fueron dos o tres semanas, no sé; pero aunque los extrañaba mucho, me alegraba de que me hubieran dejado allí. Sabía que ellos tendrían mucho que decirse, y sentía vergüenza por haber estado tan asustada y tan enojada con los dos.

"Nunca más los vi disgustados el uno con el otro. Papá volvió a tener reveses más de una vez. Era muy buen carpintero, pero también tenía opiniones muy claras sobre lo que es justo y lo que no. Eso sí, desde entonces mi madre supo siempre lo que ocurría. Creo que lo más difícil para mi madre fue cuando decidieron que ella, mi hermanito José y yo, nos iríamos a Camagüey para que yo pudiera asistir al instituto, mientras que mi padre se quedaría en Nuevitas donde había podido por fin encontrar un trabajo fijo. Mi madre se sentía perdida fuera del campo. Y la separación no pudo haberles sido fácil. Hicieron un enorme sacrificio por mí. Me duele pensar que nunca supieron que la mejor herencia que me dejaron no fue el bachillerato, sino el ejemplo de sus vidas."

—Me hubiera gustado conocerlos mejor.

—A mi madre la ilusionaba que tuviera amigas como vosotras. "De buena familia", decía ella, como si la nuestra no tuviera ningún valor, y le daba miedo que nuestra pobreza las alejara de mí.

—¡Qué insensibles éramos! Tan obsesionadas por la justicia social, con nuestras reuniones de Acción Católica, nuestras publicaciones y nuestro programa de radio, y tan ciegas con nuestra inmediatez...

—A mí me disteis una amistad entrañable, y sentí

que os esforzabais por no hacerme sentir menos, aunque el resto de la sociedad bien se encargaba de ello. O sea que no pidamos peras al olmo. ¡Y no te burles del periodiquito, que aquellas páginas mimeografiadas con las que pretendíamos hacer patria pudimos pagar el pasaje de Aleida en aquel viaje a Santiago de Cuba! Y no fue porque su madre no pudiese pagarlo, sino porque ella deseaba evitar que anduviese con nosotras, pues estaba segura que así nunca iba a encontrar marido. ¿Te acuerdas?

—Sí, me acuerdo muy bien.

Esta vez las dos estallaron en una carcajada cómplice. En una conferencia sobre Gertrudis Gómez de Avellaneda, la coterránea ilustre, un catedrático de literatura había leído un párrafo de Marcelino Menéndez y Pelayo en el que se refería a la Avellaneda, hablando de la incomprensión que ella, como otras mujeres escritoras habían sufrido, hablando de su soledad y diciendo: "pobres mujeres egregias...".

Las inseparables adoptaron aquel epíteto y empezaron a llamarse "las egregias" para profunda consternación de la madre de Aleida, que creía que tanta amistad entre chicas y tanto amor por los libros sólo podía llevar a la soltería. Para ella, no había peor estigma que su hija quedara "para vestir santos".

Por un momento ambas se sumieron en los recuerdos, hasta que Victoria dijo:

—Lo cierto es que eras la más guapa de las seis, Irene. A todos los chicos se les iban los ojos detrás de ti. Además, ¡tu madre tenía tan buen gusto para coser! No sé cómo lo lograba, pero siempre te veías tan a la moda que éramos nosotras quienes te envidiábamos, porque nada de lo que encontrábamos hecho, aunque fuera comprado en El Encanto, nos quedaba tan bien como lo que vestías tú.

—Mi madre les cosía a varias señoras de muy buena posición. Tenía tanta habilidad para sacarle el máximo provecho a los cortes de tela, que siempre le sobraban retazos y las señoras se los daban, porque a ellas no les servían para nada, y estaban encantadas con el trabajo de mi madre. Tal vez así se sentían menos culpables de pagarle tan poco, porque como ella era tan humilde nunca valoraba su trabajo y dejaba que le pagaran lo que quisieran. Mi madre buscaba modelos en las revistas de moda de las señoras. A la esposa de un médico le traían las revistas *Seventeen* y *Vogue* desde Miami, y ésas eran las favoritas de mi madre. Buscaba trajes que combinaran más de un color o de una tela, pero si no los encontraba creaba las combinaciones a base de retazos. Los hacía mientras yo estaba en clase y me los presentaba casi terminados.

"Sólo al cabo de mucho tiempo después pude enterarme cómo conseguía crearlos. Vivía en Miami cuando una de sus antiguas clientas hizo una broma sobre las maravillas que mi madre era capaz de crearme con trocitos de tela, para que yo pudiera competir con las niñas bien. Pero en ese momento la antigua clienta trabajaba igual que yo en un supermercado, con el mismo uniforme sintético, y su comentario, en vez de herirme, aumentó mi admiración por mi madre."

—Y ¿crees que has conseguido una relación tan firme como la de tus padres? Mucha gente piensa que relaciones así son cosas de otros tiempos.

Victoria no pudo evitar la vuelta de un pensamiento recurrente: "Si hubiéramos tenido más tiempo,

¿habría resistido lo nuestro la cotidianidad?". Sin duda alguna se habría transformado de algún modo, pero como se trataba de un pensamiento que atentaba contra lo más querido, lo apartó, como siempre, impidiéndole enraizar en su mente.

Irene había advertido el momento de introspección, y aguardó para responder:

—No pretendo decirte que nuestra relación es perfecta, pero sí que es hermoso vivir con la confianza de que no todo se irá a pique en un momento porque hemos sido descuidados, o hemos causado dolor involuntariamente. Que son muchas las honduras del alma humana y se lleva mucha historia sobre los hombros, y no siempre podemos anticipar todos los mecanismos que pueden funcionar dentro del otro, los cuales tienen a veces poco que ver con nosotros y mucho con viejas heridas. Lo que te trato de decir es que creo que en nuestra relación hay una voluntad común de hacer bien las cosas y no se queda en meras palabras, sino que se manifiesta cada día.

—Pues me alegra infinitamente, Irene, que estés tan realizada. Tengo unos deseos enormes de conocer a Nicolás, que debe ser un hombre encantador. Conozco a poca gente satisfecha después de un tiempo de convivencia. La mayoría sigue junta por inercia, por comodidad, por evitar los inconvenientes que acarrea toda separación, o incluso por temor a la soledad. Y ahora, dime, lo de ser cubana, ¿cómo encaja dentro de todo esto? ¿Se te ha convertido en algo menos importante porque te has casado dos veces con hombres que no son cubanos? ¿O ser cubana ha dejado de jugar un papel en tu vida?

—Me siento muy bien en España. Desde aquel primer viaje cuando salí de Cuba supe que, de no poder estar "allá", era aquí donde querría vivir. No hubiera podido quedarme en los Estados Unidos. Vamos a Miami cada dos o tres años, a ver amigos y familiares, y cada viaje me convence más de que ése no es lugar para mí. Aquí, en cambio, cada día descubro algo más que me une a mis raíces.

—Me maravilla que hasta hayas adoptado tan bien el acento.

—Es por no tener que vivir dando explicaciones. Pero aunque externamente se me note poco lo cubano, por dentro soy quien soy. Dividida, sintiéndome ignorante de todo lo que querría saber. Todo lo que no llegamos a aprender de nuestra historia, de nuestro arte, de nuestra geografía, porque salimos tan jóvenes; y todo lo que ha ocurrido después, que no hemos vivido de primera mano. A la vez me siento arraigada en la esencia de lo que nunca dejaré de ser. No es ser cubana a medias, ni media cubana. Es ser cubana con dolor de no serlo por entero. Es el Mar Caribe vestido de Mediterráneo. La espuma puede ser de aquí, pero la fuerza de las olas sumergidas, las que crean la espuma, son todas de allá.

Y en aquella sola palabra "allá" cabían años y vidas, ríos y montañas, y no cesaba de oírse el trino lejano del sinsonte.

Victoria la escuchaba, le veía el esfuerzo inútil por explicar algo a lo que ella tampoco lograba dar palabras. Y sólo supo responder:

—Creo que entiendo lo que dices. La imposibilidad de volver en el curso de tantos años le ha dado a muchas cosas un carácter prohibitivo para mí. En esos largos años en que volver era imposible, cuando leía algo sobre Cuba, o cuando lograba ver una película cubana, me sentía como *voyeur*; contemplando algo a lo que no tenía derecho. Esta relación vicaria, que ahora se ha hecho virtual gracias a la Internet, resulta a ratos tan dolorosa que casi entiendo a los que se han quedado con una Cuba suspendida en el tiempo, y esperan despertar alguna vez como en una novela de ciencia ficción.

Después de un momento añadió:

—Me imagino que desde España, que nunca rompió relaciones con Cuba, y donde recibir a cubanos o viajar a la isla es casi cosa rutinaria, todo esto resulte incomprensible. En cambio, para mí ha sido la realidad más verdadera.

Había auténtico dolor en la voz de Victoria. Pero, pasado un instante, quiso volver sobre el tema que la había instado a reunirse con Irene. Y le preguntó:

—¿Y aquello que ocurrió en la finca? ¿Has sentido alguna vez remordimiento?

—Por mucho tiempo me sentía muy culpable. Fue una de las razones por las cuales fui postergando la maternidad. Me aterraba que todo se descubriera y alguien les dijera a mis hijos que su madre era culpable de la muerte de tres chicos.

—Y Alberto, ¿qué decía de todo aquello?

—Jamás le he contado nada a nadie. He cumplido el juramento. ¿Acaso no lo hemos cumplido todas?

—No puedo asegurarte nada de las demás. Quizá sabré más cuando hable con todas, aunque me imagino que lo habrán cumplido como tú y yo. Pero en realidad no te preguntaba por su reacción a nuestro secreto, sino a tu rechazo a tener hijos.

—Pues al principio estaba encantado. Era tal su obsesión con las cosas que quería investigar y con sus planes de cambiar la sociedad colombiana, que no le interesaba interrupción alguna. Sólo cuando sus amigos empezaron a hablar de sus hijos, aquello pareció convertirse en parte del plan social y entonces sí me exigió que los tuviéramos. Yo agradecí la presión, porque así se me cumplía un deseo profundo, y por uno de esos juegos sicológicos pensaba que aquella presión me quitaba la responsabilidad. El acto mismo de la concepción no me ilusionaba demasiado. La verdad es que la intimidad no se nos daba fácil, pero tuve la suerte en ambos casos de concebir al primer intento, y eso me dejó además libre de falsas pretensiones por un buen tiempo.

—Y ¿no puso objeciones al nombre que elegiste para tu hijo?

—Pues, no. Como Carmen nació primero y él quiso darle el nombre de su madre, luego me dejó elegir el nombre de Felipe. Lo único que me dio fue una lista de nombres indeseables. Afortunadamente, Felipe no figuraba en la misma.

—Ahora sí que me has despertado la curiosidad. Dime, ¿cuáles eran los nombres vetados?

—Los de todos sus colegas, sus rivales literarios, cada profesor con el que había tenido alguna vez una disputa… Bueno, la lista era bastante larga, escrita cuidadosamente en orden alfabético. Me pregunto cuánto tiempo estuvo rumiando aquello... En fin, llevar cuenta de sus enemigos era parte de su ejercitación mental.

—Pues sí que no te libraste de un compañero interesante... Pero, y perdóname la insistencia, quiero que me expliques si Cuba sigue jugando algún papel en tu vida.

—Siempre quieres volver al tema de Cuba... y te prometo que volveremos. Una vez que me embarque en esa confesión no te voy a escatimar nada. Pero, ¿no te acuerdas que de chicas decíamos que amor con amor se paga? Si te he contado tanto de mí, bien pudieras compartir algo conmigo. ¿O vas a limitarte a escuchar solamente?

Victoria se rió con una libertad tal que se sorprendió a sí misma. Aunque sabía escuchar tan bien, no era dada a las confidencias. Sin embargo, la conversación con su amiga había reanudado algo muy hondo. Se echó hacia atrás en el sillón y miró intensamente a los ojos de Irene.

—Y ¿si lo dejáramos para otra ocasión? Tengo que irme mañana y hemos quedado en que esta noche podría invitarlos a cenar. Tengo muchas ganas de conocer a tu marido y de poder hablar con tus chicos, aunque de cosas que les resulten interesantes. Eso sí, cuando te llamé dijiste que en dos meses irías a Miami, y ésa es aproximadamente la fecha en que también estaré allí. ¿Qué tal si nos vemos? Para entonces posiblemente ya habré visto a Clara, a Fernanda y a Mercedes. Y ojalá también a Aleida. Es la única que no me ha contestado. Te prometo compartir mis reflexiones después de haber hablado con ellas. Y, claro que sí, te contaré todo lo que quieras saber de mí. Ahora necesito un ratito de siesta y una ducha. ¿Nos encontramos en mi hotel a las nueve para el aperitivo? Ya sé dónde quiero llevarlos a cenar luego.

—Bueno, pero en Miami no te escapas, Victoria. En Miami escucho yo.

Y salieron del bar, cogidas del brazo, al encuentro de la luz deslumbrante de la tarde alicantina.

VIII. Marcos

Ay, diana, ya tocarás
de madrugada, algún día,
tu toque de rebeldía.
Ay, diana, ya tocarás.

"Diana"
Nicolás Guillén, *El son entero* (1952)

A Antonio Eliseo y a Beto les resultaba difícil entender el entusiasmo de Felipe con el mar. De momento
era como si se hubiera olvidado de la dictadura, de las
dificultades en que se encontrarían si de veras "El Flaco"
los había descubierto a todos. El mar lo cautivaba. Desde
que amanecía se iba al puerto y no había cómo arrancarlo
de allí. Sacaba del bolsillo la filarmónica que llevaba
siempre consigo y se quedaba en el viejo muelle, tocando
suavemente una tonada tras otra, mientras contemplaba
las viejas barcas de los pescadores, con la pintura arrancada
por el sol y el salitre, como si quisiera que cada una le
contara su historia, o como si hubiera quedado atrapado
en las redes que se secaban al sol.

—Pero, ¿es posible que nunca hayas visto el mar?
—le reclamaba Beto.

—Pues, no soy el único. Me he criado tierra adentro. Ninguno de mis hermanos ni mis primos ha venido
a la costa. No sé cuántos cubanos viven sin haber visto

nunca el mar. A ti, como tienes familia aquí, se te ha hecho fácil.

—Anda, Beto, déjalo en paz —intervino Antonio Eliseo—. Tampoco yo he podido ver el mar tantas veces. Y comprendo que lo admire. Ésta es una de las tantas cosas que habría que cambiar en este país. Todos los niños deberían tener vacaciones en el mar... no sólo los ricos. ¡Que hay mar de sobra para todos!

—En eso sí que estoy de acuerdo, pero para lograrlo mejor que hagamos lo que nos corresponde. Por fin he logrado coordinar una entrevista con Marcos. Nos espera a las seis.

En la amplia sala de altas ventanas enrejadas, la luz de la tarde se filtraba por el vitral que coronaba la puerta, arrojando manchas de colores hacia el piso de ladrillos sobre el cual Marcos se paseaba impaciente. Las cuatro mecedoras con respaldo de pajilla y el viejo piano vertical sobre el cual un jarrón de flores mustias era el único intento de adorno, no lograban disimular la amplitud de un salón que debió haber estado mejor amueblado en otra época.

Al verlo caminar de extremo a extremo, una y otra vez, Antonio Eliseo pensó que Marcos desgastaría más los ladrillos del piso en un día que en el par de siglos que llevaban cubriendo el suelo del salón. No los había invitado a sentarse, insistiendo desde el primer momento en que debían regresar a sus casas:

—Son demasiado jóvenes e inexpertos. Los van a agarrar por el camino —argüía Marcos—. Mejor se vuelven a sus casas y se quedan tranquilos por un tiempo.

—No nos creas tan incapaces —replicó Beto. Se sentía orgulloso de haber resistido el interrogatorio sin chistar ni dar dato alguno de quiénes eran los miembros del grupo. Posiblemente le había ayudado su pequeña estatura y su cara infantil. Tenía un par de años más de los que aseguraba su abuela, pero aparentaba tener aún menos.

—Bueno, pues entonces lo único que se me ocurre es enviarlos a una hacienda donde podrán pasar unos días, hasta que pueda conseguirles guías que los lleven a la Sierra. Pero tienen que prometerme que acatarán órdenes. Cuando lleguen los guías seguirán sus instrucciones, sean las que sean.

Marcos los miró gravemente, uno por uno, esperando respuesta.

Beto fue el primero en contestar:

—De acuerdo, Marcos.

Sus compañeros respondieron casi al unísono.

—Pierde cuidado —aseguró Felipe.

Y Antonio Eliseo:

—Haremos lo que dices. Y gracias. No te defraudaremos.

—Pues recuerden bien las instrucciones que voy a darles. No las escriban, pero no las olviden. La hacienda se llama Las Delicias. Van a tomar el tren hasta el Entronque de Manatí. Allí diríjanse primero al oeste, aunque la finca está al este. Después de unos cuatro kilómetros, verán un desvío que les permitirá dar la vuelta. Sigan caminando hacia el central. Si ven a alguien, aunque no hay mucha gente por esos sitios, háganle creer que van al ingenio. Pero justo antes de llegar al batey, desvíense nuevamente, esta vez hacia el norte. No tardarán en ver una guardarraya de palmas reales, que los llevará a Las Delicias. Ahora sí, tienen que asegurarse de que no los vea nadie.

Marcos guardó silencio brevemente, concentrado en hurgar sus bolsillos, de los que finalmente sacó un llavero que entregó a Antonio Eliseo, advirtiendo:

—Aquí tienen la llave. La hacienda es de la tía de un amigo. Está vacía, salvo por el viejo capataz y su mujer, que viven en una casita detrás del cafetal. La tía de mi amigo decidió irse a La Habana por una temporada, pero no quiere que nadie lo sepa. Mi amigo Luis cree que fue a hacerse una cirugía plástica. ¡Imagínense! El capataz entra todas las tardes a encender algunas luces de la planta baja y luego las apaga a media noche. Si se quedan en la planta alta no hay peligro de que los vea. Luis me ha asegurado que como el pobre viejo tiene reumatismo evita subir las escaleras. Manténganse vigilantes, y traten de no tropezar con él. Pero si no pueden evitar que los descubran, háganse los que acaban de llegar. Digan que son amigos de Luis Miguel Sepúlveda que los ha invitado a visitarlo, y que está por llegar de La Habana. Claro, después de eso, no podrán quedarse más que hasta el día siguiente. Uno solo debe ir hasta El Entronque y enviarme un telegrama que diga: "Felicitaciones por tu cumpleaños". Fírmenlo como Juan Rodríguez. Al día siguiente, despídanse del capataz, digan que Luis Miguel cambió de opinión aparentemente, y que ustedes han decidido marcharse. Devuélvanle la llave, pues eso hará sentirse bien al viejo, y tomen el tren hacia Bayamo. Yo me aseguraré que haya alguien en la estación esperándolos. Pero traten de evitar por todos los medios esa evacuación de emergencia. Esperen con paciencia a los guías.

—Y ¿cómo nos encontraremos con los guías?

—Eso déjenselo a ellos.

Luego dijo, dirigiéndose a Felipe:

—Entrégame la armónica.

—¿La armónica? —contestó el chico sorprendido—. Pero, ¿para qué?

—Porque la tocas con demasiada frecuencia. Y por detalles así te pueden identificar. Cuando lo haces llamas la atención, la gente te mira, y luego alguien puede recordarte. Tienen que aprender a pasar inadvertidos, sin proporcionar detalle alguno por el que puedan detectarlos.

Felipe sacó la armónica del bolsillo y se quedó mirándola. Era el único recuerdo que le quedó de su padre, y tocarla le traía recuerdos del hombretón de piel oscura que había desaparecido de su vida, aunque no de su memoria.

—Lo siento, Felipe. Pero es necesario —insistió Marcos—. Te he estado observando, y para ti, tocarla es un hábito. Será más seguro si no la tienes. Te la guardaré bien.

El chico alargó la mano con un gesto en el que se reflejaban a la vez resignación y dignidad.

—Bien, muy bien. Adiós… y ¡buena suerte! Cuba es grande porque tiene hijos como ustedes. Ya verán que venceremos —les aseguró, y los acompañó a la puerta.

Marcos volvió a su paseo constante por el salón semivacío. Llegó hasta la ventana y vio alejarse a los tres jóvenes por el medio de la calle provinciana, con paso firme y decidido. Sintió que una bocanada de aire frío le subía desde la cueva que era su estómago hasta la frente. Sacó un pañuelo arrugado de un bolsillo y se secó el sudor, aquejado por un cargo de conciencia que le hacía preguntarse si el sacrificio de chiquillos como aquellos tenía justificación alguna.

IX. Victoria

Camino de Ciego de Ávila,
provincia de Camagüey,
pero señor,
¡quién te anduviera de noche,
soñando en tren!

"Pero señor"
Nicolás Guillén, *La paloma de vuelo popular* (1948)

Las cumbres nevadas de las Rocosas se fueron acercando a la ventanilla del avión, y Victoria comenzó a escuchar las instrucciones de rigor que por obligación pronunciaba la azafata. Las había oído muchas veces en latitudes distintas, en multitud de idiomas. Sin embargo, a pesar de tantos aterrizajes, éste le causaba una profunda impresión.

Esas montañas fueron el paisaje determinante en un momento donde el presente lo era realmente. Luminoso, prístino, con el significado de cada instante, sin que el futuro fuese inquietud. Como si el pasado, por haber quedado tan lejos, entre las aguas límpidas del Caribe, hubiera desaparecido. No como ahora, cuando el presente se perdía entre búsquedas de significado de lo ya vivido, y angustias de lo que pudiera hacerse o no en el porvenir.

¿Qué era este viaje sino una búsqueda de respuestas en aquel pasado tan lejano, pero tan vívidamente recordado a la vez, que a ratos parecía tener más presencia que el propio presente?

¿O es que a veces el pasado no sólo es más nítido, sino que sus colores están mejor definidos? ¿Podía compararse acaso la precisión del trazado de las montañas, el aroma profundo de los pinos, el aire frío que despertaba los sentidos ofreciendo promesas de algo nuevo, con el trajín que se produciría dentro de un momento al bajar del avión entre la multitud presurosa, escapando al contacto de codos y paquetes, hacia el aire enclaustrado del aeropuerto, la monótona estera sin fin por la que circularía el equipaje, la interminable fila de espera para un taxi en el que los ambientadores no lograban enmascarar el olor a nicotina? ¿O a la repetida escena de llegada al hotel, con portero obsequioso, puertas giratorias, alfombra mullida, mostrador indiferente, y empleados de entrenada sonrisa?

Una vez más la fuerza del recuerdo se sobreponía a la imagen del presente. Y a Victoria le parecía ver las altas cumbres de las Rocosas asomadas entre las nubes por primera vez, con la mirada sorprendida de los dieciséis años, cuando el paisaje montañoso sustituyó sus interminables sabanas ganaderas; y cuando los pinos, y no las palmas reales, pasaron a ser la brújula que guiaba su mirada hacia las alturas.

—Señores pasajeros, por favor ajústense los cinturones de seguridad...

"Pasajeros, eso somos, siempre...", pensó. De la Nave Espacial Tierra, como había dicho alguien. Pero, ¿dónde estaba el cinturón de seguridad que tantas veces hubiera necesitado?

No tuvo que ajustarse el cinturón físico, real. No lo había desabrochado desde el despegue, impaciente por llegar, incapaz de descanso en este viaje planeado con la certeza de lo inevitable, con un desenlace que empezaba a inquietarla.

Salir del avión, esperar el equipaje, alquilar un coche, estudiar el mapa. Acciones repetidas tantas veces, que generalmente las realizaba de forma automática. Sin embargo, esta vez se fijó con más atención en los pasajeros que aguardaban sus equipajes frente a las esteras. En una se acercaban maletas y bultos, mientras que por otra pasaban colgados los esquíes que darían a los audaces la oportunidad de deslizarse, aprovechando las primeras nieves del año, en algunos de los mejores *resorts* de las Rocosas, entre los pinos, pendiente abajo, en un intento más del recóndito pero perenne deseo humano de volar.

Aterrizar en Denver no era el camino más corto para llegar a su destino, el convento de Clara, al norte de Nuevo México. Había elegido esa ruta porque no quería llegar de golpe, desde Boston. Le parecía que necesitaba asumir poco a poco las diferencias entre su entorno y el de Clara, tan distintos que parecerían pertenecer a distintos países, en esta nación que es todo un continente, con zonas tan diversas. Además, en este viaje hacia el ayer quería permitirse una pausa en el fragmento de un pasado que había sido muy suyo.

Nuevo México era uno de los lugares del planeta más amados por ella y Sebastián, y en la actualidad el mundo de Clara, aunque no sabía cuánto de ese mundo vería Clara desde el convento... El amor a España lo compartía con Irene. El Paso era una realidad nueva que le revelaría Fernanda, y en Miami la acosaría la historia, todo tipo de historia, la que tenían allí todas ellas, como tantos cubanos de dentro y fuera de la isla, en esa extensión de Cuba, aunque allí también tenía algún trozo de historia secreta que sólo les había pertenecido a ella y a Sebastián.

Colorado, en cambio, marcaba un hito importante en su propia historia. Aquel paisaje de cielo límpido y amplios horizontes cerrados por la continuidad de cimas nevadas había sido su primer ámbito de independencia, y también el primer lugar donde vivió fuera de Cuba. Y quería recorrerlo con aquellos ojos de entonces, cuando creyó que vivir fuera de Cuba sería sólo un paso transitorio; cuando no conocía el dolor de la dualidad, de la imposibilidad de estar del todo en un lugar, cuando otro te llama desde lo más hondo.

Dejando atrás el enorme aeropuerto, el décimo del mundo en extensión, con sus osados techos de blancas carpas —más sugerentes de una función del Cirque de Soleil que de tráfico aéreo— se dirigió a la ciudad. A medida que se acercaba al panorama de rascacielos no pudo sino pensar: "¡Qué imposible es regresar cuando todo ha cambiado en nuestra ausencia!". Porque el Denver que se le ofrecía ante los ojos poco tenía que ver con aquella ciudad adormilada que había conocido al principio de la década de los sesenta.

Un par de lugares emblemáticos: el Capitolio, que como tantos otros imitaba al de Washington; y el Mint Building, de donde sale una gran porción de los billetes y monedas que circulan por el país, resultaban casi los únicos vínculos con el recuerdo que tenía de la ciudad. La emocionó ver anuncios de la celebraciones del cinco de mayo, así como los nombres en español de múltiples establecimientos. En su lejano primer encuentro con la ciudad, los mexicanos se amontonaban en un barrio pobre, lleno de cantinas y casas de empeño. Y si alguno se aventuraba por las calles céntricas tenía que soportar miradas de desprecio y hasta uno que otro comentario insultante.

Recordó con pena el temor que tenían las pocas chicas hispanas del *college* de que las oyesen hablando español. Todas con becas que les obligaban a trabajar en la cocina y servir a las otras alumnas. Todas hacinadas en un dormitorio común para cuarenta alumnas, mientras las otras dormían en habitaciones individuales. Aunque entre sí, a escondidas, hablaban español jamás lo admitían en público, como si negar el idioma pudiera cambiarles la identidad profunda. "No cabe duda que es imposible ignorar a cuarenta y cinco millones", pensó. Trataba de consolarse con la idea de que algunos cambios parecían haber sido para mejor, intentando mitigar el dolor continuo ante la imposibilidad de regresar a lo tan bien recordado.

Siguió manejando rumbo al suroeste, pero pronto le disgustó darse cuenta de que había ido demasiado lejos. Denver había crecido tanto, que el sitio que esperaba encontrar en las afueras quedaba ahora dentro de la ciudad misma. Y le había pasado por delante sin siquiera notarlo. Se vio pues obligada a retroceder. Una vez más, por querer ir directo a la meta sin detenerse en los detalles, había tenido que enmendar la ruta.

Cuando por fin llegó a la que había sido la primera de todas sus universidades la sorprendió que, a diferencia de todos los cambios que había visto desde que descendió del avión, allí la esperaba una réplica exacta de la imagen que guardaba, sólo que más reducida en tamaño. Los edificios de piedra roja, techos de pizarra negra y puertas abovedadas de sillar gris, flanqueados por abetos, eran idénticos a como los recordaba, pero mucho menos imponentes que como los había paseado por el mundo en su memoria.

Sabía que aquella era una visita al vacío. Las monjas que fundaron el *college* de mujeres que la había acogido al final de su adolescencia afectada por las turbulencias y violencias de su entorno, lo habían vendido hacía unos años a una empresa japonesa dedicada a la enseñanza del inglés y las ciencias comerciales, cuando decidieron que, en lugar de dedicarse a la educación de jóvenes privilegiadas, orientarían su orden hacia un ministerio dirigido a la búsqueda de la justicia social.

Ya no era un mosaico de chicas estadounidenses, tan diversas como la demografía de su país, sino hombres japoneses, vestidos con alarmante semejanza en trajes de monótono gris acero, quienes entraban y salían de los edificios. Aquel campus que ella conoció pleno de impaciencias juveniles, se movía ahora con un ritmo mecánico. Lo único que parecía retener algo de espíritu era el paisaje de las montañas, enmarcado entre los edificios, con su aliento de permanencia.

Convencida de que no había nada allí que la indujera a prolongar la instantánea visita, se disponía a seguir su camino cuando se acordó del cementerio, del pequeño cementerio de las monjas... ¿Lo habrían conservado? ¿Estaría todavía allí? Por primera vez desde que había salido del avión se sintió viva, consciente del latir de su sangre mientras, casi corriendo, se dirigía a aquel rincón alejado del campus, donde había refugiado en tantas tardes de adolescencia su nostalgia del mar y de su isla.

Allí, amparado tras una hilera de abetos, permanecía inviolado el pequeño trozo de tierra sembrado de lápidas con inscripciones sencillas, cada una sólo con un nombre bajo las iniciales IHS, y un año, el del fallecimiento de aquellas mujeres que un día dedicaron la vida al servicio de la enseñanza, inspiradas por un ansia personal de búsqueda.

No había señal alguna de visitas recientes. Ningún ramo de flores, ni frescas ni marchitas. "¿Vendrá alguien a visitarlas?", se preguntó. Entre aquellas monjas las hubo alegres y serias, rígidas e informales. Algunas, maternales, parecían volcar en las alumnas sus deseos de maternidad incumplida; otras, severas, estaban convencidas de que las jóvenes necesitaban rectitud y firmeza, mientras que no faltaban las más juguetonas, siempre dispuestas a encubrir las sanas travesuras de sus alumnas, viviendo a través de ellas momentos de libertad.

Las alumnas se desvivían por recibir atención especial, atesorando unos minutos de conversación con la monja a la que le tocara estar de guardia nocturna en la oficina de la residencia estudiantil, reclamando el privilegio de ayudar a corregir trabajos, de pasar la asistencia, de copiar las notas, de contestar el teléfono, deseosas de sentir de cerca el hálito de santidad de las religiosas, aquella limpidez de la mirada, la serenidad del rostro o el misterio sugerido por sus tocas y sus largos hábitos que las distinguían como algo especial, de otros tiempos, en aquella era del *rock and roll* y que, sin embargo, parecían imitar de algún modo las faldas acampanadas, sostenidas por múltiples crinolinas, que usaban las alumnas. O también —y eso era lo que a ella le había ocurrido en varias ocasiones— seducidas por el diálogo audaz, que en total desafío del ámbito de aparente intemporalidad se centraba en temas de equidad y justicia, de acceso a las opciones de poder para las mujeres, de libertad interior para las decisiones propias.

¿Se daban cuenta las monjas de la admiración que despertaban? ¿Comprendían que algunas eran objeto de fascinación por parte de sus alumnas? ¿Percibían las pequeñas rivalidades entre las chicas, cuando dejaban cargarles a una u otra la cartera de aula en aula? Si lo sabían, ponían especial cuidado en no favorecer demasiado a ninguna, de repartir por igual sus sonrisas y sus palabras de estímulo. Sin embargo, cuando a pesar de esos cuidados se formaba una alianza especial entre una monja y una o dos alumnas, todos la respetaban, y las chicas cuchicheaban que tal o cual entraría al convento cuando se graduase, como muchas veces sucedía.

Dejando reposar la mirada de una en otra tumba, los ojos de Victoria se velaron y las lápidas se fueron fusionando en una sola. "Sé que siguen siendo polvo enamorado... Hermanas mías, enamoradas de amor divino, de amor humano... gracias por esta paz."

Le fue difícil salir del cementerio. Ella había sido una de aquellas alumnas fascinadas por el misterio de las monjas y la promesa de serenidad del convento. Todos la habían señalado como una segura candidata a quedarse allí. Había llegado incluso a llenar la solicitud de ingreso al noviciado. Y una tarde lluviosa, la monja que la amadrinaba la había hecho probarse un traje de postulante, réplica casi infantil del hábito de las monjas, con un velo breve y la falda a media pierna.

Sin embargo, no sería ella quien tomara el velo, sino que lo hicieron Clara, de quien podía haberse esperado si alguien hubiera reparado en ella, sólo que Clara pasaba siempre tan inadvertida, que nunca atrajo los comentarios de nadie; y también Fernanda, de quien nadie hubiese sospechado una decisión semejante, y que seguía sorprendiendo a todos los que la habían conocido cuando era una joven gozosa y alborotada.

Le fue difícil irse del cementerio, tan difícil como le había sido responder, a los dieciséis, a los diecisiete años, a las campanas del Ángelus, que no sólo invitaban a la meditación sino también al almuerzo y la comida.

En este día de otoño, luminoso y frío, faltaba mucho para el Ángelus, pero no para seguir el viaje si quería llegar al hotel antes de que se hiciera de noche. Se había entretenido más de lo que pensaba.

"Estoy condenada a no poder regresar nunca a nada, porque ningún lugar al que quiero volver existe ya... Ni siquiera este sitio. Si todos los *colleges* y universidades perduran, ¿por qué no ha sobrevivido éste que tenía tanto que ofrecer? Quizá porque he pasado yo por él y llevo conmigo el *fatum* de lo efímero, en esta vida de constantes comienzos", pensó.

Había, sin embargo, una respuesta racional a todo aquello. Después del Concilio Vaticano Segundo, las monjas de Loretto se habían lanzado a la acción social. Y prefirieron llevarla a cabo en el Tercer Mundo, o en los rincones tercermundistas que existen dentro del "Primer Mundo", y dejar la educación superior, en sí misma un privilegio, a otras instituciones, dedicando su esfuerzo a los más desamparados de la sociedad.

Ahora eran criticadas, acusadas de feministas radicales y revolucionarias por la Iglesia, o al menos por sus fuerzas más institucionalizadas, debido a su papel de defensoras de la justicia social en todos los ámbitos: la defensa del medioambiente y los esfuerzos por detener la proliferación nuclear; la solicitud de que el papado dejara de tener carácter de nación en las Naciones Unidas, para ser un simple organismo con poder de observación y no de voto; la exigencia de que todo cura o prelado, independientemente de su posición, fuese privado de su cargo al existir evidencias de actos de depravación sexual contra niños o mujeres; la defensa del derecho de las mujeres a decidir voluntariamente si querían sostener el peso de una maternidad o no; la denuncia de todo tipo de discriminación u opresión, y el apoyo al derecho de unión de las parejas homosexuales.

Realmente, pensó Victoria, se trataba de un bagaje enorme de reclamos importantes para unas mujeres que seguían siendo monjas —pero que también reclamaban el derecho a ejercer el sacerdocio, y hasta el obispado— y que, en lugar de limitar su labor a la de aquellas dispuestas a hacer votos en la orden, habían extendido su esfera de acción a través de una organización llamada Loretto Women's Network, mucho más incluyente y socialmente activa, como había descubierto al ver su nombre en la Internet, asociado a todo tipo de causas reivindicativas.

Saber todo aquello, por noble que fuera y por mucho que coincidiera con sus propias posturas personales, no la eximió del sentimiento de pérdida que la invadió mientras el coche subía por la carretera, dejando atrás la ciudad, alejándose en la distancia pero también, pensaba Victoria, en el tiempo, en esta búsqueda de la claridad del presente en el pasado.

X. Sebastián

Castle Rock, Colorado Springs, Pueblo, Walsenburg, Aguilar, El Moro, Trinidad, Ratón... Los nombres de los pueblos que se desgranaban a lo largo de la Autopista 25 daban fe de la superposición de culturas en la historia de esa franja de tierra en las faldas de las Rocosas. Y mientras más al sur conducía Victoria, más clara se hacía la fuerza de la herencia española, al cambiar el nombre de los condados de Morgan, Washington, Adams y Lincoln, a Las Ánimas, Alamosa, Mineral, Huérfano, Archuleta, Costilla, Conejos.

Las montañas cubiertas por una gran variedad de pinos y abetos, los enormes fragmentos de granito de formas insólitas, como esculpidos por gigantes; los ríos de aguas heladas y corrientes rápidas que animaban a desafiar los límites de velocidad establecidos por las señales de tránsito, fueron cambiando casi imperceptiblemente. De momento el horizonte dejó de tener límites y el color de la tierra enrojeció, justificando el nombre de las nuevas cadenas de montañas: la Sierra de la Sangre de Cristo y las Montañas de Sandía.

Dentro de muy poco llegaría a Santa Fe... como aquella primera vez con Sebastián.

—Tengo un congreso en Denver. Si nos reunimos allí te daré una sorpresa...

La voz de Sebastián al teléfono tenía ese tono cálido, acariciador, que Victoria amaba, por lo que le fue imposible negarse. Su horario de trabajo estaba bastante atiborrado, con varios artículos que terminar, pero decidió que escribiría en el avión y en la habitación del hotel, mientras Sebastián asistía a su congreso. Cada momento juntos era un regalo, y éste llevaba anunciada una sorpresa.

Lo vio poco durante el tiempo de sesiones, y agradeció tener tanto trabajo con sus artículos que no le quedó ocasión para echarlo en falta. Se encerró en la habitación del hotel, para concentrarse en el trabajo y evitar que alguien pudiera verla y asociar su presencia con la de Sebastián. Ordenó ensalada tras ensalada al servicio de habitaciones del hotel, y dejó que en el fondo de la conciencia fuera creciendo el deseo de que llegase la noche del jueves, en que terminaría el congreso, como se empoza, gota a gota, el agua que rueda estalactita abajo, formando una charca fresca en la hondura de una caverna.

El viernes al amanecer partieron hacia Nuevo México. Habían hecho el amor lenta y reiteradamente durante toda la noche. Y la modorra que los envolvía era más bien el letargo de unos cuerpos satisfechos que se negaban a despertar del todo, para que no se borrasen las sensaciones gozosas del amor compartido.

Se detuvieron en Colorado City. A pesar del nombre implícito de ciudad, era más bien un pueblo. Compraron queso, pan, vino y aceitunas, y desviándose de la carretera por una ruta paisajística llegaron a un parque estatal.

—Espero que el maltrato al idioma no te quite el apetito —bromeó Sebastián al ver el nombre del parque: "San Isabel Forest".

—Que los perdone Santa Isabel —dijo Victoria—. A mí nada podría quitarme el apetito aquí. Lo cierto es que una de las buenas cosas de este país contradictorio son sus parques. ¡Menos mal que han tenido a bien preservar tanta belleza!

Sebastián le pasó la mano por la cintura y fueron en busca de un lugar donde sentarse al sol, porque el aire primaveral seguía trayendo hálitos de los hielos que todavía cubrían las cumbres. Comieron mirando correr el agua, nieve derretida que descendía entre las rocas por el cauce del río Saint Charles, formando remolinos de espuma, y observando las orillas cubiertas de las encendidas flores silvestres a las que alguien supo dar el nombre sugerente de "pincel indio".

De vuelta a la autopista, Victoria, ávida lectora de mapas, se regodeaba con la diversidad de nombres en español.

—Es fácil imaginar que a un lugar lo llamaran "Arroyo Hondo" y "Agua Fría" o que le dieran nombres como "Conejos" o "Culebra" y hasta "Ratón". En medio de tanto descubrimiento insólito, debe haber sido valioso poder aferrarse a algo reconocible. Y me imagino que "Cuchara" debió nacer de alguna roca con esa forma, y no de que alguien perdiera o se encontrara allí tal utensilio. ¿Pero no crees que debe haber una historia especial detrás de un lugar llamado "Huérfano"?

—Quizá es un pico solitario. ¿Quieres que vayamos a verlo?

—No, no. Tendríamos que ir a ver tantas cosas… Pero, y ¿"Las Ánimas"? ¿No crees que haya una historia detrás de ese nombre?

—Si no la hay, puedes inventarla tú… No creo que te sea difícil…

Ambos rieron porque sabían que Victoria, tan deseosa siempre de la verdad y de la exactitud, podía echar a volar su imaginación sin límites.

Pero a medida que se acercaban a la cordillera de Sangre de Cristo, Victoria se sentía más y más inclinada al silencio, sobrecogida por la belleza que los rodeaba. Sebastián le cogió una mano y la encerró entre la suya, de dedos largos, pero con una palma almohadillada que siempre conmovía a Victoria, pues le resultaba el símbolo de la firmeza y la dulzura del hombre a quien con tanto orgullo amaba.

Y sin darse cuenta, porque no había conjunto alguno de edificios que anunciara su presencia, llegaron a Santa Fe. Por más que hubiera leído sobre esta ciudad tan distinta a cualquier otra, y a pesar de las múltiples imágenes que había visto, nada pudo prepararla para ese primer encuentro.

Si las ciudades adquieren su carácter a partir de una conjunción de circunstancias geográficas, históricas y sociales, no cabía duda de que en Santa Fe todas se habían congregado alrededor de un profundo sentido estético de armonía e intimismo. Si bien algunas ciudades parecen responder al reto del paisaje, a Victoria le pareció que Santa Fe había elegido anidar en medio de las montañas de la Sangre de Cristo, amparándose entre ellas.

Así, sus casas bajas, de adobe, seguían conservando el color rojizo de la tierra, y los techos planos de origen indígena incorporados a esta arquitectura mestiza evocaban más el tope llano de las mesas que los picos escarpados de la cordillera.

La ciudad silenciosa, introvertida, aglutinadora de creatividad diversa, ofrecía sorpresas en cada callejuela. Pero fue en la plaza, de trazado español, donde Victoria sintió con mayor fuerza aquella complicidad con el pasado dispar, pero armónicamente conjugado, observando las joyas de plata, turquesa, y coral que los artesanos indígenas vendían sentados sobre sus mantas bajo los soportales de la antigua casa del gobernador.

Mientras en el resto del país quienes buscaban reivindicar sus raíces debatían en torno al nombre que podía identificarlos para alejarlos del estigma de la colonización, y rechazaban los términos "hispánico" o "hispano", y trataban de reivindicar "méxico-americano", "chicano", "neorriqueño" o "boricua", el camarero que los atendió en el restaurante Casa Sena declaró con orgullo que él era español, descendiente de una familia asentada en el siglo XVII a unas millas de allí.

Esa tarde recorrieron una calle en la que cada casa albergaba una galería de arte con paredes desbordantes de forma y color. Como todos los viernes, tenían vino, galletas y queso preparados para los visitantes, y el recorrido fue una fiesta, no sólo para la vista, sino para el espíritu todo, en aquel río entusiasta de personas que, cómo ellos, se regocijaban en el encuentro con nuevas paletas, con nuevos modos de mirar y de representar la vida.

Esa noche en el hotel, cuando Victoria se tiró sobre la cama, tratando de reconstruir las múltiples experiencias del día en un todo armónico como el que proponía la ciudad misma, Sebastián la invitó a levantarse, la atrajo hacia él y le colocó en el cuello un collar cuyas hebras de plata líquida salpicadas de coral, sostenían un colgante de turquesa engarzada en plata remachada.

—Como veo que te emociona la fusión de culturas, te he reunido dos aquí. El collar es zuni, y la turquesa un antiguo trabajo de los navajos.

Y luego añadió suavemente, antes de conducirla a la cama:

—Lo más hermoso es el cuello sobre el que reposan.

Al día siguiente, mientras desayunaban en una sencilla pastelería francesa al costado de la plaza, Sebastián le anunció:

—Ahora iremos en busca de la sorpresa.

—¿La sorpresa? Pero, ¿es que hay alguna que pueda superar a Santa Fe?

—Superarla, no sé… Sabes que mi espíritu no es competitivo. Y que comparar la belleza entre dos lugares hermosos me parece un ejercicio inútil. Pero quiero enseñarte algo muy diferente. Un sitio que muy pocos visitan y que sospecho va a causarte tanta sorpresa como a mí.

Primero viajaron hacia el este del estado, por otra de las grandes autopistas.

—Algún día iremos a ver Shiprock, es una meseta con la forma de la quilla de un barco, de una roca de un rojo intenso, como si una nave de fuego se hubiese detenido en medio del desierto. Pero quiero que podamos ver sin prisa Pueblo Bonito —dijo, y torció por una carretera secundaria.

—¿Pueblo Bonito? ¿Es allí dónde vamos? ¿Qué clase de pueblo es? ¿Por qué te gusta tanto?

—Ya lo verás. Pronto llegaremos.

Pero la carretera estrecha no les permitió avanzar con mucha velocidad y Victoria sintió crecer la impaciencia. Y como acostumbraba cuando se le hacía larga la espera, se quedó dormida.

La despertó la voz de Sebastián:

—Estamos atravesando el *continental divide*. La mayor parte de las líneas sobre el mapa es arbitraria, y de vida efímera en términos históricos. Pero ésta sí representa una línea verdadera con existencia prehistórica.

—¿De qué se trata realmente?

—Es la línea geológica que separa las dos plataformas, la oriental y la occidental, que se unieron para formar este continente. Como la fisura no es perfecta, crea una línea de actividad volcánica. ¿Te asustan los volcanes?

—No… En realidad me encantan las erupciones… Especialmente cuando son como la de anoche.

Sebastián rió con entusiasmo. No era fácil que Victoria cediera al juego de palabras y a él, en cambio, le encantaba incitarlos.

El letrero que anunciaba la entrada a Pueblo Bonito sorprendió a Victoria.

—No me imaginé que se tratara de un parque. ¿Por qué tiene ese nombre?

—Ya verás. Vamos en un viaje al misterio.

Las ruinas de lo que fue el pueblo más importante de los antiguos anasazi se erguían en medio del paisaje semidesértico. El enorme pueblo, de unas ochocientas habitaciones, con algunos edificios de dos y tres pisos, organizado en forma circular, hablaba de una civilización notable, surgida de lo que fue casi hasta el inicio de la era cristiana un pueblo nómada recolector. El cultivo del maíz, esa hazaña de transformar, tras largo proceso de selección, en planta de granos comestibles una mera hierba, dio lugar a establecimientos permanentes que crecieron hasta formar los pueblos del cañón del Chaco, que ahora Victoria recorría lentamente, la cabeza apoyada en el hombro de Sebastián, tratando de imaginar aquellas ruinas desiertas pobladas de vida.

—No se sabe mucho de ellos —dijo Sebastián, adivinándole una vez más el pensamiento—. Ni siquiera qué nombre se daban a sí mismos. Anasazi es, en realidad, una palabra de los navajos que podría traducirse como "ancestros" pero también como "enemigos de nuestros padres".

—¿Por qué tiene que intervenir siempre la enemistad? En todo esto se respira tal serenidad… ¿No pudieron ser simplemente felices?

—Como tú, me niego a aceptar que la violencia sea inevitable. De hecho, creo firmemente que si los seres humanos no logran darle fin, la violencia acabará con este milagro incomprensible que es la vida humana. Y sé muy bien el peligro que se encierra en la presentación lineal de la historia, como si cada momento estuviese determinado por los que le preceden, como si fuera su única posible consecuencia, sin espacio para otras alternativas… Pero lo cierto es, cariño, que encontramos pocos ejemplos de pueblos pacíficos que quisiéramos tomar como inspiración.

—Olvidemos a los navajos por un momento. ¿O es que fueron ellos los causantes de la destrucción de esta civilización? Tenías razón en pensar que me sorprendería. Si hubiese unas ruinas como éstas en otro país, creo que todos lo sabríamos. No me imagino cómo pueden pasar tan inadvertidas aquí.

—El pueblo floreció entre los siglos VIII y X. Basándose en el análisis de los troncos de los árboles, parece que alrededor del año 1150 hubo una terrible sequía en esta zona. Lo más probable es que ésa fuera la causa de la desaparición de esta sociedad que había alcanzado estos niveles extraordinarios. En cuanto al reconocimiento, ya sabes cuán poca importancia se le da a lo indígena en este país. Todavía está muy cercano en el tiempo el genocidio que tratan de olvidar... y el modo de conseguirlo es seguir minimizando sus logros. Piensa en lo que ha hecho Hollywood para perpetuar la imagen del indio como salvaje coleccionista de cueros cabelludos y asesino de colonos indefensos, sin habernos contado todavía con honestidad el proceso de la supuesta conquista del Oeste. Pero ven, quiero hacerte ver el misterio.

Del centro de la enorme circunferencia que contenía las ruinas, partían líneas radiales que se adentraban varias millas en el desierto, en todas direcciones. Eran rectas, precisas, y atravesaban cualquier accidente del terreno que encontraran a su paso. La erosión las había desgastado, pero todavía podía admirarse su precisión, sobre todo a la hora del amanecer o del crepúsculo, cuando la incidencia de los rayos solares permitía distinguirlas mejor.

—Esto ha exigido un gran cuidado. ¿Qué significado tendrían?

—Posiblemente no lo sabremos nunca con exactitud, pero parecen ser de naturaleza chamánica, porque conducen finalmente a pequeños oratorios.

Mirando la forma en que las líneas tenues se alargaban hacia el horizonte, Victoria se maravilló una vez más por la fuerza del espíritu humano, en busca de belleza, en busca de respuestas, en busca de un sentido más allá de lo inmediato...

Siguieron recorriendo las ruinas en silencio. De vez en cuando Victoria pasaba la mano por una superficie, por una piedra pulida, por el dintel de una habitación, como queriendo tocar la vida misma, allí donde había nacido, amado, soñado, sufrido y vuelto a nacer tanta gente.

Y mientras trataba de imaginar aquel pasado, Sebastián la miraba.

Victoria sintió la energía de sus ojos y se volvió a sonreírle, y pensó: "No en balde me ha repetido tanto que nuestro amor se funda en la mirada".

XI. Clara

...estando ya mi casa sosegada.

San Juan de la Cruz, *Canciones del alma*

El convento de clausura estaba protegido por un muro de adobe detrás del cual se alzaban los cipreses. Al bajarse del auto, Victoria se sintió envuelta en un rumor de pájaros escondidos entre las altas agujas oscuras. "También ellos tienen su clausura, también ellos buscan la protección de la quietud", pensó, mientras tocaba el timbre junto a la enorme verja y decía su nombre por el intercomunicador.

Llevaba unos minutos esperando en un vestíbulo austero, con dos sillas y una mesa diminuta y cuyo único adorno, si llamarse así pudiera, era una cruz lisa, de madera de pino, cuando se dirigió a ella la madre superiora. Calzada con alpargatas blancas, bajo el hábito azul claro, su andar era sigiloso:

—He querido saludarla antes de que vea usted a Madre Cecilia. Quisiera decirle que ella no deseaba esta entrevista, y que he tenido que persuadirla para que la recibiera a usted.

—¿Cree que es mejor que me marche?

La pregunta era no sólo una fórmula de cortesía, sino también una propuesta sincera. Las dudas que la habían asaltado sobre esta visita a un convento de monjas españolas que habían buscado la soledad de esas montañas al norte de Nuevo México, y sobre lo que iba a ser una intromisión en la vida de Clara, habían aumentado a medida que el camino la había ido acercando.

—No. De ninguna manera. La vida contemplativa no debe ser de evasión. Madre Cecilia lleva aquí demasiados años para que no le sea posible encontrarse con usted. Estoy segura de que esta visita la llevará a nuevos niveles de contemplación. Tendrán a su disposición no sólo esta sala, sino el jardín privado junto a la capilla. He dado instrucciones de que nadie se acerque a molestarlas. Tienen ustedes todo el día, hasta las tres de la tarde. A las doce les servirán aquí un sencillo refrigerio. Eso sí, quisiera pedirle que respete el deseo de Madre Cecilia de terminar la entrevista cuando lo desee.

—Por supuesto, no querría molestar en forma alguna.

—Lo sé. Me ha parecido muy sincera su carta y por eso está usted aquí. Espero que este día aclare algunas de sus dudas, que la ayude a encontrar la paz que busca.

Victoria no estaba segura de cuánto había escuchado de esa conversación Clara, ahora convertida en la Madre Cecilia, quien la miraba desde la puerta interior a espaldas de la superiora. Su andar había sido tan silencioso como el de la priora, como si en lugar de caminar se deslizaran sobre las suelas de esparto de las alpargatas.

—Pase, Madre Cecilia —dijo la priora, que en ningún momento se había volteado a ver la puerta a sus espaldas.

"Qué sutiles las claves de este mundo", se dijo Victoria, sorprendida de que la superiora hubiera reconocido la presencia de Clara. "Debe haberla oído respirar. O quizá la vio reflejada en mis ojos."

Se levantó, tanto como gesto de deferencia a la superiora como para darle un abrazo a Clara. Pero la vio sentarse con tanta serenidad, con cada pliegue del hábito celeste en su sitio, sosteniendo con la mano el largo rosario que colgaba del cinturón de cuero para que no hiciera el menor sonido, que volvió a sentarse.

—Hola, Clara —no se atrevió a usar el "Madre Cecilia" que las hubiera distanciado aún más.

—Hola, Victoria. ¡Cuánto has cambiado!

—Tú no. Parece que aquí no se envejece.

—No, se eterniza...

Y Clara se echó a reír con la risa de antes, poco frecuente pero tan juguetona, que siempre había encantado a las seis amigas inseparables. Y su risa fue un puente hacia los años de juventud.

—Han pasado tantas cosas en el mundo en estos años desde que estás aquí, y tú sigues siendo la misma.

—Más pasaron antes de que naciéramos. Más pasarán después que muramos. Lo eterno nunca cambia.

—¿Y qué es lo eterno? ¿Sabes que ni siquiera Loretto Heights existe? No te imaginas qué extraño estar allí y que no hubiera ni una sola persona conocida.

—Lo eterno, lo invisible, lo innombrable...

La mirada de Clara, de Madre Cecilia, parecía disolverse en el recuerdo de algo visto sólo por ella, pero volvió a fijarse en Victoria, con seguridad absoluta.

—...lo que es, lo que eres, lo que somos.

—¿No el Padre Eterno, Jesús, la Virgen...?

—Los nombres son sólo etiquetas que limitan.

—Me tienes asombrada. ¿Es así como se habla en un convento?

—En este convento hablamos poco, Victoria. Nos dedicamos a la contemplación... y la meditación es más completa sin nombres, sin palabras.

— ¿Y las demás monjas piensan igual que tú?

Clara le indicó que la siguiera hasta la puerta del jardín.

—No lo sé. No me lo he preguntado. Mira, mira las flores. ¿Ves qué diferentes son? ¿Crees que hay alguna la rosa, el clavel, las gardenias, los tulipanes, que refleje mejor el existir? Todas hablan del ser, aquí, ahora.

—Hablas como mis amigos sufíes. ¿Qué literatura lees en este convento?

—Pues... no es cuestión de libros, Victoria. Pero no creí que vinieras a hablar de mí, sino de ti.

—De nosotras, quisiera hablar de nosotras, de las seis. Pero no puedo evitar interesarme en la vida que llevas. Sobre todo querría saber si perteneces a la última generación, o si todavía llegan novicias a este lugar.

—Pues sí, algunas llegan, las suficientes para seguir manteniendo la congregación.

—Y, ¿cómo las atraen?, ¿dónde se anuncian?, ¿cómo les informan que este lugar existe?, ¿y lo que pueden esperar aquí?

—En esto no has cambiado. Siempre llena de preguntas. Cómo nos divertía cuando empezabas a interrogarnos, porque sabíamos que no te quedarías en una sola pregunta. Y luego, claro, dispuesta a encontrarle solución a todo. ¿Me vas a proponer un mejor modo de atraer novicias?

Y volvió a reír.

—Así que te acuerdas, aún si pretendes que te has olvidado...

—Es cierto que vine aquí a olvidar. Pero no es eso lo que me mantiene aquí. Ya no es el motivo de mi vida.

—Pero lo fue. ¿Qué es lo que tanto querías olvidar?

Y Victoria añadió en silencio: "¿Lo mismo que se me cruza a mí en el vivir cada día? ¿Lo que no me deja encontrar la paz?".

Cuando Fernanda entró de puntillas en la habitación de la hacienda, procurando no hacer ruido, Clara tenía los ojos cerrados. Fernanda se acostó silenciosamente y al poco rato su respiración era rítmica, constante, aunque de vez en cuando se le escapaba un suspiro de satisfacción.

Clara esperó largo rato, hasta sentirse segura de que el sueño de su hermana no era fingido como lo había sido hasta ese momento el suyo propio. Entonces, con el mayor sigilo, salió de la habitación.

El resplandor de la luna era tal que se sintió al descubierto en el amplio portal, como si fuera pleno día. Por eso decidió caminar sobre la hierba húmeda, buscando la sombra del costado de la casa, aunque no tuvo más remedio que cruzar el batey vacío para llegar al galpón del maíz.

La noche toda parecía conspirar con ella. Después de la ligera lluvia vespertina, el campo olía a limpio, y las fragancias del jazminero que trepaba por la alta baranda del portal superior, y de las gardenias que con tanto afán cuidaba su tía Eulalia, parecían exacerbadas en el calor de la noche. Como si todo el jardín hubiera despertado del mismo modo que ella a sensaciones desconocidas.

Se detuvo temerosa ante la puerta del galpón. Lo que iba a hacer era una temeridad, un desacato a todo lo que a lo largo de la vida le habían enseñado, algo que no era posible imaginar ni poner en palabras, algo que nunca podría confesar al Padre Celestino, su consejero espiritual desde su primera comunión.

En ese momento, una mano se apoyó en su hombro.

Aterrorizada, se volvió, para encontrar la sonrisa de Antonio Eliseo.

—Ven —le susurró él al oído —. He encontrado un lugar más resguardado.

—¿Qué era lo que querías olvidar? —repitió Victoria, porque la mirada de Madre Cecilia se había perdido en las memorias de Clara—. Lo que busco, lo que me ha traído hasta aquí, es saber si todas queremos olvidar lo mismo.

—Sus ojos...

—¿Los ojos de los tres? ¿De alguno en particular?

—No. Los ojos de mi padre. Su ira ciega contra mi hermano Luis Miguel. Pobrecito Luis. Lo comprometimos de tal modo, que papá murió odiándolo.

—¿A Luis Miguel? Pero, ¿no era Luis su predilecto?

—Lo fue desde siempre, hasta que creyó que todo era culpa suya. Creyó que hasta nuestro viaje a la hacienda de tía Eulalia aquella Semana Santa había sido un artilugio de Luis, cuando en realidad el pobre estaba en La Habana y nada sabía de aquel impulso nuestro. Si ni nosotras sabíamos que viajaríamos hasta un par de días antes.

—Pero ¿qué llevaba a tu padre a acusar a Luis Miguel?

—Hacía meses que el pobre Luis no iba a Camagüey. Y cuando llamaba por teléfono era sólo para saludar a mis padres. Lo hacía poco, preocupado como vivía pensando que todas las llamadas las escuchaban los esbirros. Aunque eso, claro, no se lo decía a papá, porque ya sabes que papá siempre defendió al régimen. Según él, sólo Batista había puesto orden en Cuba. Y Luis evitaba volver, precisamente para no oírle decir esas cosas y para no tener un disgusto con él, porque aunque tuvieran diferentes formas de pensar Luis siempre lo quiso y lo respetó.

—Pero ¿no se aclaró nunca el papel de tu hermano, el papel que no había jugado?

—No. Fernanda y yo fuimos unas cobardes. No hicimos más que callar. En ese momento estábamos convencidas de que todo se aclararía a su debido tiempo. Y papá envió a Luis a Michigan sin dejarlo ir a Camagüey. Un primo de mamá lo arregló todo en La Habana. Estaban convencidos de que iban a arrestarlo y que había que proceder con toda urgencia. Mamá nunca le perdonó a papá que no la dejara despedirse de su hijo. A partir de entonces, la amargura fue minando lo poco de amistad que quedaba entre ellos. Recuerdas cómo nos enviaron a nosotras a Missouri poco después de irse Luis a Detroit. Y antes de que pudiera aclararse nada, Luis tuvo aquel terrible accidente. Estoy segura de que estaba tratando de venir a vernos. Las monjas tenían orden de no dejarnos recibir cartas ni llamadas que no fueran de nuestro padre. No nos dejaban ni comunicarnos con Luis. Luego supe por una de las monjas que él había llamado varias veces para tratar de hablar con nosotras. ¡Mi pobre hermano! ¡Sólo tenía veinte años! Estoy segura que su muerte fue lo que le costó la vida a mi padre. No habían pasado ni tres meses cuando le dio el infarto. ¿Y me preguntas qué quería olvidar cuando me refugié aquí? Pues, ¡quería olvidarlo todo!

—¿Y has podido hacerlo? ¿Llega el olvido?

—No. No es necesario. Lo que ocurre es que comprendes que son historias, aspectos que toma el drama de la vida, esta comedia humana. Y cuando lo ves desde una perspectiva de eternidad, todo parece muy distinto. ¿Qué son después de todo unos años en la eternidad? ¿Qué importa que encarne la belleza en la forma de una rosa, un lirio, un clavel o un jazmín? El único dolor posible es el de no reconocer que eres lo eterno, que lo eterno vive en ti, y que tú seguirás viviendo en lo eterno.

—Tus palabras suenan muy bien aquí dentro. Allá afuera se estudia el origen del universo, cuándo empezó y cuándo acabará...

—Ya lo sé. Una de nuestras hermanas fue astrónoma en el mundo. Y aquí sigue leyendo sobre esos temas.

—¿Y hablan de ello?

—No..., pero deja sus revistas en la biblioteca para que las hojeemos. Aquí, ya te lo dije, se habla poco, y mucho menos se hace gala de los conocimientos personales.

—¿Y eso por qué?

—Es una vida de gran intimidad, a toda hora, todos los días... Ayuda mucho eliminar el "yo", las referencias a uno mismo.

—¿Y cómo se logra eso?

Clara pensó por un momento. Luego, continuó en un tono sereno:

—Te daré un ejemplo. Tenemos una hermana experta en botánica. Muy conocedora de los poderes curativos de las hierbas. Cada vez que descubre algo nuevo, nos lo hace saber, pero sin hacer referencia a sí misma, diciendo: "Si alguien necesita alguna vez calmar la tos, la naturaleza ha creado plantas muy eficaces. En la biblioteca están sus hojas, dentro de un sobre con el rótulo: 'Para la tos'".

Y siguió diciendo Clara:

—Jamás diría: "He aprendido....", "He comprobado...", "He sembrado...", ni "He puesto...". Lo mismo ocurre con todas. Siempre sabemos qué debemos agradecer y a quién, pero no lo decimos. La impersonalidad de la vida ayuda a una relación más silenciosa.

—Silencio es palabra que repites constantemente. ¿Qué es para ti el silencio?

—Aprender a encontrarlo es todo lo que hago. Silencio es la aceptación del presente, sin preguntas, sin búsqueda. Segura de existir y de haberlo hallado.

—Pero ¿qué has hallado?

—Hallado la no búsqueda, el conocimiento profundo de que existir es ser, sin distancia entre ambos. Y ese ser no tiene nombre, ni límites, ni cualidades, sino la perfección de sí mismo.

—¿Y éstas son hoy las doctrinas de la Iglesia Católica? Me parece estar oyendo hablar a Gangaji, la maestra espiritual que escribió *The Diamond in Your Pocket*...

—Vuelves a lo mismo... Para eso te enseñé las flores... Piensa en los pájaros, o en los peces, o en los árboles. Todo a nuestro alrededor es diversidad. Y a la vez todo es vida. Es una hermosa metáfora para comprender que son muchas las manifestaciones del existir, las que vemos y las que no vemos. Y, sin embargo, todo es uno. La Iglesia Católica y cualquier religión o modo de pensar no es sino uno entre tantos. Y para buscar el silencio, a unos les funciona un sistema; y a otros uno diferente. Claro que muchas veces el camino que encuentras lo determina en qué parte del mundo te tocó nacer y vivir, y en qué momento. Aunque, tristemente, muchas veces el proceso se ritualiza y lo que fue camino exquisito para Santa Teresa o San Juan de la Cruz, puede anquilosarse y perder todo sentido en la repetición.

—Y ¿vas a olvidarte de que esos mismos sistemas pueden ser agresivos y han cometido y cometen terribles abusos? El mundo no cesa de estar en guerra a causa de las religiones de unos y otros...

—Contemplar la inmanencia del ser no significa carecer de compasión ante el dolor humano. Me duele toda violencia y me acongoja que sea cometida en nombre de la religión, porque lo único que consigue es crear aún más distancia entre el ser humano y su descubrimiento de la verdadera espiritualidad.

—¿No te preocupa contribuir al mantenimiento de una institución que ha cometido tantos crímenes a través de los siglos?

—Podría recordarte que hace un rato lamentabas la desaparición de Loretto Heights, y decirte que la Iglesia ha hecho daño, pero también ha hecho bien... Prefiero no decírtelo, porque no es mi argumento. Y porque podrías querer llevarme a sacar un balance, y me temo mucho cuál sería el resultado. En realidad, aunque la Iglesia presume de unidad, bien sabes que a través de toda su historia ha habido miembros muy distintos dentro de ella. Y hasta parece imposible que el Opus Dei y Fernanda, y quienes como ella luchan por una iglesia más justa, puedan agruparse bajo una misma institución.

Clara calló por un instante, como para mitigar cualquier conmoción interior, pero su voz volvió a romper el silencio diciendo:

—Para mí, un solo acto de crueldad, una sola muerte, es intolerable, y el que se cometa en nombre de cualquier religión, abominable. Pero no creo que este convento sirva de baluarte en modo alguno a la Iglesia Católica, sino de hogar a un grupo de mujeres que buscan, cada cual a su manera, la calma interior. Almas generosas nos dieron tiempo atrás este terreno. Querían ser recordadas en nuestras oraciones. Y lo son. Hoy subsistimos con la labor de algunas de nosotras. Aunque, a decir verdad, no me parecería mal que en una distribución de responsabilidades en el mundo unos quisieran mantener a otros que meditasen, aunque fuera por el ejemplo de posibilismo que ello representa. Es el papel del gurú. No el de ser mejor que los demás, sino el de hacerles saber a todos, con el ejemplo vivo, que es posible encarnar el gran silencio.

—Y, ¿cuándo dejaste de tener que olvidar?

El grito desgarrador de la que llegará a ser Madre Cecilia despierta a todo el convento. Siguiendo las órdenes de la priora, monjas y novicias procuran seguir durmiendo, aunque la mayoría permanece despierta. ¿Habrá un segundo grito? ¿Terminaría la pesadilla? ¿Habrá podido volver a conciliar el sueño esta novicia tan callada y serena durante el día, a la que persiguen horrores nocturnos que ninguna es capaz de imaginar? Alguna monja musita una oración por la joven, y vuelve a reinar el silencio.

Cada vez que llega a la casa una nueva postulante la acogen con esperanza. Aunque no les está permitido dar manifestaciones personales de afecto, el cariño se muestra en múltiples formas. La comida se hace más abundante y deleitosa, los ramos de flores del altar más nutridos, los himnos del coro más sonoros. Hay como un influjo de entusiasmo que hace brillar más las baldosas, desaparecer el último átomo de polvo de las estanterías, erguirse más derechos los lomos de los volúmenes de la biblioteca. Son detalles que pasan inadvertidos a quien llega de afuera, y la recién llegada no tiene puntos de referencia para reconocerlos, pero todo el convento le está dando la bienvenida, está expresando el júbilo de tenerla, el deseo de que se sienta a gusto, de que desee permanecer.

Usualmente, una de cada tres o cuatro se queda. Las otras se revitalizan en el silencio acogedor y encuentran nuevas fuerzas para enfrentar al mundo. La que permanece se vuelve una más, en poco tiempo indistinguible de sus antecesoras, y aquella pequeña onda imperceptible que por un momento agitó la superficie de las aguas quietas de la vida diaria, desaparece en la calma habitual. Hasta que vuelve a tocar la puerta alguna postulante que meses atrás escribiera diciendo que la amiga de una prima de una amiga le ha hablado de la vida retirada en la que ella quisiera participar.

¿Esta chica que grita por las noches será de las que logra quedarse? ¿Por cuánto tiempo permitirá la madre priora esas interrupciones del sueño que el horario regulado del día no deja recuperar en otro momento?

La priora las sorprende a todas modificando el horario, instituyendo un tiempo de siesta después del almuerzo, y pide a la hermana especialista en botánica cocimientos especiales para ayudar a la novicia a mantener un sueño sin interrupciones.

Los gritos de medianoche se hacen menos frecuentes hasta desaparecer finalmente, y quedan sólo como un recuerdo de los tantos que jamás se mencionan. Clara, ahora Madre Cecilia, no deja de tomar cada noche un cocimiento de piel de manzana, valeriana y otras hierbas que le ofrece en silencio la hermana encargada de la cocina.

Victoria ha esperado la respuesta sin dar signo alguno de impaciencia. Este diálogo con Clara exige un ritmo especial que respete esas pausas en que su amiga parece desaparecer dentro de sí. Por fin la oye decir, aunque el tono de su voz ha bajado hasta ser casi un murmullo:

—Todavía, algunas veces, sin que sepa por qué, irrumpen pensamientos que perturban mi quietud. Pero cada vez es más fácil darme cuenta de que son innecesarios. Cuando se ha probado verdaderamente el néctar del silencio es imposible no volver a él... aunque la mente se empeñe en distraernos.

—¿O sea, que a ti ya no te importa que enviáramos a aquellos pobres chicos a la muerte?

Madre Cecilia palidece. Y ahora sí que parece Clara, la Clara que Victoria había descubierto aquella noche: despeinada, con el camisón blanco manchado de sangre, desorientada, sin saber a dónde dirigirse, caminando entre los cafetos que su abuela había sembrado alrededor de la casa de la hacienda, para recordar las montañas cafetaleras donde se había criado.

—No los mandamos, Victoria. Habían decidido ir desde antes de conocernos.

—Así racionalizas. Para eso te ha servido el silencio. ¿No crees que es más honesto aceptar la culpa?

—Culpa es una palabra que hace mucho no utilizo. Desconocimiento, confusión, error. Todo es posible...

—Aunque en términos de eternidad ya veo que no importa.

—Por favor, no lo malinterpretes. No por lo que puedas pensar de mí, sino por ti. Creo que en aquel momento, como en cada momento de la vida, estoy segura que tanto tú como yo, como todas, hicimos lo que juzgamos más apropiado. Ahora sabemos más, hemos adquirido madurez. Quizá nuestros juicios fueran otros y en consecuencia actuaríamos distinto.

—Estás negando un sentido de responsabilidad...

—No. En lo absoluto... Creo que todo error del pasado o del presente debe asumirse con una responsabilidad total que debe guiar desde ese momento nuestras acciones. Y también creo en la restitución, en la reparación... ¿Te has dado cuenta de que en este convento se venera a la Virgen Reparadora?

—Pues ahí lo tienes... Esa Virgen Reparadora, tan dulce y bondadosa, exige que admitamos un pecado original del que ni siquiera somos responsables.

—Son sólo símbolos, Victoria, y para mí, te lo confieso, el del pecado original es uno de los menos claros. Lo tomo como advertencia de que realmente a veces somos capaces de causar grandes daños sin haberlo premeditado... Ya ves, lo que hicimos nosotras con Luis... Así y todo, rechazo el sentimiento de culpa porque es paralizante. ¿Adónde nos lleva? ¿A ignorar la verdad de quiénes somos?

—¿Y quiénes somos?

—Ésa, Victoria, es la gran pregunta. La respuesta está en ti. En lo más profundo de tu alma. ¿Quién formula la pregunta dentro de ti? Trata de ver más allá de quién pregunta... ¿y qué ves?

—Veo un cerebro inquieto, unas neuronas que trabajan incesantemente... Te aseguro que las mías son más activas cuando duermo.

—Dices que sólo ves un cerebro activo, pero luego

hablas de tus neuronas... ¿De quién son las neuronas? ¿Quién es ese tú que las posee?

—Esto es sólo retórica, Clara. Nos enseñaron a hablar así. Por siglos nos han hablado de la dicotomía cuerpo-alma, y hemos llegado a aceptarla como una verdad, sin cuestionarla. No obstante, es lo mismo que hablar del ocaso como la puesta del sol, y del amanecer como su aparición, cuando en realidad sabemos bien que somos nosotros quienes nos movemos y no el sol. Alma, mente y actividad neuronal es lo mismo.

—¿De veras lo crees así? ¿Entonces, cuando se desintegre tu materia gris no quedará nada de ti?

—Ojalá quede en alguien un recuerdo... aunque quien hubiera podido mantenerme viva en el suyo ya no está para hacerlo.

—Lo siento... Ha debido ser muy duro para ti... sobre todo si realmente no crees en alguna forma de inmanencia...

Victoria sacudió la cabeza, negándose a compartir el dolor. Y siguió preguntando:

—Pero, tú, Clara, ¿de veras crees en un cielo para algunos y un infierno para otros? ¿Y en que todos los átomos dispersos del cuerpo van a volver a unirse? Hace poco oí a un predicador por la radio quien decía que no había nada condenatorio en la cremación de los cuerpos, aunque a él personalmente le preocupaba que la gente, en lugar de enterrar las cenizas, las dispersara, por ejemplo, en el mar... porque estaban haciendo extremadamente difícil la tarea de reunirlas luego en el momento de la resurrección de los cuerpos... Como si pudiera haber grados de dificultad en algo de por sí imposible.

—El problema de todo ese tipo de pensamiento

es el de la separación... La promesa de la vida eterna no es en sí difícil, si la definición de vida no conlleva la pequeñez de cada individuo, sino la magnitud de la esencia dentro de la cual existimos.

—Continúas sorprendiéndome... Ni siquiera el jesuita que logró acallar mis dudas cuando me resistía a aceptar una religión en la que se hablara del infierno, algo tan opuesto a la divinidad, asegurándome que era necesario creer en éste porque está en las escrituras, pero no en que hubiera nadie allí, que se podía creer en un infierno sin condenados porque en ninguna parte de los Evangelios hay evidencias de que alguien se haya condenado… Ni siquiera él logró llegar tan lejos como tú... O sea que me propones descartar la noción del alma individual, y aceptar la de la esencia universal... ¿Y qué parte de mi actividad neuronal sugieres que pasará a formar parte de esa esencia universal después que haya muerto mi cerebro?

—¿Me oíste mencionar alguna vez que sería después del cese de esa actividad neuronal a la que le otorgas todo reconocimiento? Si lo que te estoy diciendo es lo contrario... Esas maravillosas neuronas que te llevan por la vida, que manejan tus experiencias y tus recuerdos, que te permiten la imaginación, la creatividad y los proyectos... ¿son independientes?, ¿están separadas de la Fuente de Vida?, ¿viven y mueren por sí solas? ¿No sientes como cada bocanada de aire que llena tus pulmones es un regalo de vida, que existes en simbiosis con lo que te rodea?

—Sí, claro que sí, a ese nivel lo siento... y no cesa de maravillarme una naturaleza tan compleja... Y veo toda la vida, la mía y la de la brizna de hierba que logra encontrar asidero en una grieta de la acera, como un milagro... Aunque eso no me lleva ni a pensar que hay en alguna parte un señor barbudo, o un Arquitecto Universal que tira de los hilos o dibuja los planos para que cada elemento se mueva...

—Para mí uno de los enormes errores ha sido la pequeñez con que los seres humanos se acercan a algo tan extraordinario como la existencia, y tratan de reducirla a forma y naturaleza humana: alguien que todo lo ve, que lleva un recuento y pesa con una balanza... No te imaginas cuánta pena me dan los que, con el afán de explicar algún dolor profundo, las grandes tragedias causadas por la naturaleza o por la violencia humana, buscan esa respuesta en la relación de los seres humanos hacia Dios. Y es que si piensas que hay un Dios que decide cada acto, se hace muy difícil explicar el nacimiento de un niño enfermo o cualquier forma de pérdida dolorosa, y no hay sino el camino de creer que es algo merecido, o una lección para crecer... Los que creen en la reencarnación lo llaman "karma" y lo ven como parte de un proceso evolutivo. Pero otra vez caemos en la limitación de medirlo todo con la pequeñez de los términos de la justicia humana.

—Y tú, ¿cómo lo explicas?

—Cuando logras abandonar la individualidad y los conceptos preconcebidos, también desaparece la muerte. Todo es existencia... con formas muy diversas, pero siempre la misma.

—Veo que dices "cuando logras..." ¿Logran muchos esto que propones? Se me antoja extraordinariamente difícil...

—Lo es, por el apego que le tenemos a lo que nos

enseñan los sentidos. Y por aferrarnos a conceptos que otros han creado, y que son letra muerta en la mayoría de los casos. Aún así, les dejamos regirnos la vida. Yo te diría que nacemos con la conciencia de ser parte de lo absoluto. Lo que necesitaríamos es desaprender lo que nos han enseñado.

—No deja de tener encanto tu teoría del retorno a la total inocencia.

En ese momento se oyó el sonido de la sirena de una ambulancia, más estridente que nunca en aquella quietud, incongruente por su apremio en un lugar donde el tiempo parecía haberse detenido.

La figura de la priora llenó el marco de la puerta.

—Lo siento. Tenemos una emergencia en casa. Una de nuestras hermanas ha tenido un ataque al corazón. Quiero pedirle a la Madre Cecilia que la acompañe al hospital, como ya ha roto hoy el voto de silencio...

—¿Quiere que la acompañe yo? —se ofreció Victoria.

—Gracias. Pero no sería apropiado. En el hospital ya están avisados. Y les crearán a ambas un espacio de clausura. Quizá quiera usted aprovechar para salir cuando se marche la ambulancia. Nos ahorrará tener que abrir la verja una vez más.

—Por supuesto. ¡Cuánto lo lamento! Le agradezco mucho todas sus amabilidades.

—Vaya en paz. ¡Qué Dios la acompañe!

La priora mantuvo la puerta abierta para que Victoria pudiera salir.

Clara le tomó una mano, y en voz queda le dijo:

—Adiós, Victoria. Y recuerda... toda respuesta está en ti. Busca un espacio silencioso, cierra los ojos, y contempla tu propio ser... Todo está allí...

Victoria detuvo su mirada en los ojos de Clara, y le dijo:

—Gracias, te escribiré.

XII. Fernanda

...con ansias en amores inflamada,
¡oh dichosa ventura!

"La noche oscura"
San Juan de la Cruz, *Canciones del alma*

El vuelo de Denver a El Paso fue muy breve. Tomó mucho menos tiempo que el viaje al aeropuerto, la revisión de equipaje y la espera. Las montañas habían disminuido de tamaño, de la misma forma en que se había reducido la vegetación. Ya no había oscuros pinares ni abetos aguzados, sino matorrales de mezquite, cactus barrigudos y esbeltos saguaros, impasibles centinelas del desierto.

Victoria encontró a Fernanda afanada en su oficina. Hablaba por un teléfono celular, mientras iba ordenando páginas que luego colocaba una por una en la máquina de fax.

—Ni para una máquina de fax decente tenemos... —dijo, a manera de saludo, al ver entrar a Victoria, acompañando su expresión con un gesto abarcador de la oficina abarrotada, como si aquello lo explicara todo.

Vestía falda azul marino y blusa blanca. El velo corto, hecho con la tela de la falda y sujeto a un cintillo blanco, resultaba un anacronismo en aquella oficina equipada con computadora, impresora, fotocopiadora y archivos abiertos con gavetas tan rebosantes que parecían no poder cerrarse jamás. Dominándolo todo, atraía y retenía la mirada un cristo indígena crucificado, del escultor peruano Alejandro Merino, cuyos enormes pies, deformados de tanto andar descalzo, se alzaban apenas sobre las cabezas de dos indios de bocas abiertas en mudos gritos telúricos, retumbando desde el silencio del barro.

Victoria esperó a que Fernanda colocara el teléfono sobre la mesa donde se amontonaban papeles y libros, para saludarla.

Se abrazaron.

—Te hubiera reconocido en cualquier parte —aseguró Fernanda—. Aunque has cambiado mucho.

—En cambio, tu hermana y tú siguen idénticas. Pensé que a ella la había conservado la quietud, pero a juzgar por lo que veo, tu vida no es demasiado tranquila.

—¿Quietud? Ya no sé ni cómo se escribe esa palabra. Estoy luchando en muchos frentes: gente indocumentada que proteger para que no las deporten; un hogar para mujeres víctimas de la violencia doméstica donde no me alcanzan las camas; niños durmiendo en colchones de aire que inflamos cada noche, aunque ya ni siquiera hay suficiente espacio en el suelo... Y justo ahora estoy impulsando una investigación acerca de lo que ocurre alrededor de las maquiladoras. Siguen apareciendo cadáveres de mujeres... Parece que estos desalmados esperan el día de pago, y no se contentan con violarlas y matarlas sino que además se quedan con el fruto de su trabajo... Pero, vamos a ver, ¿qué es lo que te ha traído hasta aquí? Confieso que me intrigó tu nota. ¿Quieres investigar la realidad de la frontera y escribir sobre ella? Podrías hacer mucho bien si ayudaras a revelar al mundo tanta desgracia.

Victoria se quedó callada. ¡Qué lejanas parecían aquellas tres muertes de tantos años atrás, frente a las realidades inmediatas que ocupaban la vida de Fernanda!

—Me interesará muchísimo oír todo lo que quieras contarme. Te prometo que escribiré sobre ello. Sé que ocurren cosas abominables.

—Sí, pero no es a eso a lo que vienes. Lo sé. Tu nota era críptica, y no lo hubiera sido si hubiera estado relacionada a mi trabajo. No temas... no te he hecho venir en vano. Te daré el tiempo que quieras. Y hasta te tengo una sorpresa. Dame sólo un minuto —dijo, y desapareció por una puerta al costado de la oficina.

Cuando regresó vestía un traje sastre, sencillo, pero de corte moderno. Se había quitado el velo, y se había puesto un toque de carmín en los labios.

—¡Qué transformación! —dijo Victoria mientras caminaban hacia el coche.

—En nuestra orden el hábito es optativo. De hecho muy pocas lo usan ya. Pero aquí en mi trabajo resulta útil. A muchos les inspira confianza, a otros respeto. Y ocasionalmente abre alguna puerta. Pero no me gusta usarlo cuando no es necesario.

Avanzaron veloces por la autopista dejando atrás la doble ciudad, dividida en la pobreza y la riqueza por el río que tenía dos nombres: Río Grande para los del norte, los que podían vivir y prosperar; y Río Bravo para los del sur, los que malvivían para que los del norte vivieran bien. Iban adentrándose velozmente en el desierto de mezquite, cactus de barril y nopaleras. Los saguaros, que semejaban seres humanos con los brazos en alto, parecían darles la bienvenida, y Victoria se preguntó qué realidad dolorosa le enseñaría Fernanda. Por eso fue una verdadera sorpresa cuando se vio sentada en un anfiteatro natural, cuyo escenario era una ladera de la cadena de montañas que atravesaba el desierto.

—Vamos a ver *¡Viva El Paso!* Luego tendremos toda la noche para charlar.

Y Fernanda sonrió con una risa honda, oscura, que recordaba las olas chocando en el interior de una caverna marina.

—Y exactamente, ¿qué es *¡Viva El Paso!*? ¿Qué significado tiene para ti? ¿Por qué has escogido venir aquí?

—¿Te has enterado ya que te llamábamos "el libro de las preguntas"? Nos hacía mucha gracia que en cuanto empezabas a hablar hicieras no una, sino tres o cuatro preguntas a la vez... Pues, sé que te fascina la historia y *¡Viva El Paso!* es eso, un trozo de historia actuada aquí, en este escenario natural... Y como tienen el buen gusto de contarla con música y ésa es otra de tus pasiones, pues ya ves, me pareció adecuadísimo.

Los indígenas hicieron su entrada por ambos lados del cerro, al son de flautas de caña y manojos de pezuñas de venado atados a sus piernas. Sus danzas celebraban el júbilo de la caza, la recogida de nopales, la continuidad de la vida diaria. Los colonizadores españoles, de yelmo y coraza, montados a caballo, de un porte aterrador para los indígenas, bajaban por las montañas, indiferentes a los cactus, más altos que los saguaros. Pronto no quedaban indígenas visibles, sino los que se postraban frente a la cruz.

Poco a poco, al ir iluminándose zonas del escenario hasta entonces a oscuras, crecían ante la mirada de los espectadores las misiones, blancas sobre el desierto, tan ajenas como si fueran verdaderas gaviotas, tan lejos del mar... Los nuevos españoles ya no traían armadura ni venían con lanzas a caballo. Eran parte de una gran caravana, con mujeres y niños, cerdos y gallinas, y traían consigo grandes rebaños de ganado. De algunos carromatos asomaban ramas de olivo y naranjos plantados en tiestos, objetos de sumo cuidado desde que salieron de la lejana Ciudad de México, regados por meses a lo largo de unos caminos en los que no había agua.

Cuando los recién llegados bajaron de los carromatos, las mujeres eran pocas en relación con los hombres. Y las danzas que siguieron mostraban el inicio del mestizaje, tan común hoy en todo el mundo hispánico. Luego, claro, llegaron los norteamericanos y la historia tomó un carácter actual.

—Sabía que te gustaría —dijo Fernanda al ver el entusiasmo de Victoria—. Leí tu artículo sobre el teatro campesino en la misión de San Juan Bautista. Sé que te molesta que a los españoles sólo se les identifique con el yelmo y la coraza de quinientos años atrás, y se ignore que todavía somos muchos los que tenemos abuelos que llegaron hace cincuenta, ochenta, cien años, y que no venían con armadura, sino en alpargatas, a trabajar la tierra... Y que mientras los que cruzaron por el camino de Oregon son vistos como pioneros y se celebran sus viajes como hazañas que crearon la grandeza de una nación, a quienes hicieron un recorrido igualmente largo y penoso, sólo que mucho antes, en 1598, trayendo consigo el ganado que daría un modo de vida a todo el suroeste, se les vea sólo como conquistadores y no como familias, creadores de ranchos y haciendas, fundadores de pueblos y de aldeas. Pero, ven, ya te he mostrado mi hospitalidad y buena voluntad. ¡Me encanta que te haya gustado!

Llegaron al Puente Internacional hablando de Juan de Oñate, aquel expedicionario viudo de una mujer en cuyas venas corrían a la par la sangre de Hernán Cortés y la de Moctezuma, y de quienes le acompañaron en aquel viaje de medio año por las tierras desérticas del norte de México, creando aquel Camino Real desde la Ciudad de México a Santa Fe, y trayendo, como insistía en recordar Fernanda, no sólo el ganado y los olivos, sino un modo de vida. A esa hora, ya entrada la noche, las filas para cruzar el puente se habían reducido notablemente, por lo que pasar la frontera para llegar a Juárez era cosa de paciencia, no una odisea.

Sentadas ante una mesa callada al fondo del restaurante mexicano, pidieron fajitas. Y mientras esperaban que las sirvieran, Fernanda mojó un trozo de tortilla de maíz en salsa verde, y mirando fijamente a Victoria le preguntó:

—Dime, Victoria, ¿qué es lo que realmente quieres de mí?

—A ti deben parecerte tan lejanos aquellos días de Camagüey como a veces me lo parecen a mí. Tú tan entregada a tu trabajo...

A Victoria se le hizo difícil continuar. ¿Por qué estaba aquí después de todo? ¿Qué pretendía conseguir de estas entrevistas con sus amigas de adolescencia?

—Éramos tan amigas las seis. Y se me ocurrió... No, no es que se me ocurriera. Tenía que saber si hay algo que todavía nos une, en qué seguimos siendo iguales, dónde es posible hablarnos... Tenemos un país escindido...

—No estoy de acuerdo en que sea un país escindido. Cuba es un país consciente y consistente con su historia. Y fuera hay un pequeño grupo, con mucha voz y mucha fuerza, pero un pequeño grupo, en definitiva.

—¿De veras lo ves así? ¿No crees que algunos de los de afuera representan muchas voces silenciadas de adentro? Hace unos años te hubiera dado la razón, pero cuando todavía hay gente que sigue saliendo, que arriesga la vida por salir...

—¿Y de México? ¿Cuántos han venido? ¿Cuántos se vienen cada día? ¿Crees que no arriesgan la vida? ¿Sabes cuántos mueren cada año? Y cuando llegan, ¿qué les espera? Aquí no hay comités de acogida, ni planes de ayuda federal, ni becas de estudio, ni permisos de trabajo, ni mucho menos la esperanza de hacerse ciudadanos en un año, ni en cinco ni en diez. Aquí hay trabajo en los campos, sin contratos ni beneficios. Y mientras más duro y esclavizado, mayores posibilidades de que sea el propio patrón quien los denuncie a "la Migra" antes de que hayan podido cobrar el jornal de la semana. Pero no son noticia, porque no escapan de un país socialista.

—Entiendo que tienes razón en todo lo que dices, y mucho me recuerda a lo que me decía Irene de los que llegan, y los que mueren en el intento de llegar en pateras, hacinados en barcos que no soportan tanta carga, a las costas de España, a las islas de Italia. En un día llegan cientos de personas de África a Lampedusa para escapar de la miseria; o hacen sacrificios inimaginables para tratar de saltar una valla en Melilla. Nada de ello justifica lo que sigue pasando en Cuba, la perpetuación en el poder, la falta de democracia...

—Sin equidad y justicia no puede hablarse de democracia... Mis gentes te dirían que ellos tienen la libertad de ser engañados, de sufrir injusticias, de decir en público que no tienen trabajo, aunque esa libertad no los ayuda cuando tienen un hijo enfermo, cuando las familias quedan separadas... Claro que ellos ni siquiera lo dicen. Están condicionados a callar porque los han acostumbrado a no tener voz. Los únicos que buscan tener voz son los jóvenes y desgraciadamente la buscan de modo equivocado, en los grafitis, en los tatuajes, en la autodestrucción de las drogas y las pandillas.

—Y, sin embargo, muchos logran mejores oportunidades. De otro modo, no vendrían.

—Eso no te lo niego. Salen de una situación de pobreza extrema, agravada por el Tratado de Libre Comercio, el NAFTA, porque ahora los productos agrícolas estadounidenses compiten con los mexicanos, y aquí pueden ganar algo para aliviar a los que quedan atrás. Si México recibe la mitad de su presupuesto anual a partir de los ahorros de los mexicanos que trabajan aquí, no es menor el sacrificio de los salvadoreños, de los guatemaltecos... Pero lo más triste no son los inmigrantes, sino sus hijos y mucho más sus nietos. Son los que se crían en este país, o han vivido en él un par de generaciones, los que se desesperan con la contradicción de una sociedad rica a la cual no tienen acceso, de una democracia prometida pero no cumplida... Esos son los que miran la escuela como un lugar ajeno, porque el mensaje que han recibido en ella es que mientras tengan la tez oscura no pertenecen ni pertenecerán a esta sociedad.

—Y, sin embargo, te veo luchando con el mismo tesón.

Las fajitas de pollo, las tiras de pimientos verdes y las cebollas fritas se enfriaban en las sartenes de hierro forjado que el camarero había dejado hacía un rato largo sobre la mesa. Pero Fernanda continuó:

—Ver los males y la magnitud del problema no puede paralizarnos. Es más bien un acicate. Cada chico que comprende que la mayor rebelión contra el sistema es no dejar que nos margine, que nos distorsione la voz; cada familia que se decide a apoyar a sus hijos a seguir estudiando sin dejar de ser quienes son; cada persona que le extiende la mano al que acaba de llegar, es para mí una fuente de esperanza.

Fernanda le hizo un gesto a Victoria para que comiese, pues la veía absorta en su discurso, cuyo tono pasó súbitamente de la pasión a la tristeza:

—No creo que llegaré a ver el cambio sustancial de esta sociedad. Crecimos bajo la dictadura personal de un sargento que se autoproclamó Mayor General, y aquí vivimos en la dictadura del capitalismo, que no tiene rostro personal, que no se pone botas ni organiza desfiles, pero que acalla la verdad con manipulaciones que tergiversan y confunden a un pueblo al que se le ha enseñado a no pensar. Vivimos en un sistema que se ha apropiado del término "moral" para referirse a la pacatería y a la estrechez de miras, y justifica en cambio el bombardeo de un país que no lo ha atacado, o la negación del derecho de los pobres a tener seguro médico. Un sistema que se basa en la injusticia y la mentira... Y que con una educación deficiente y una demagogia lamentablemente eficaz, seduce a una mayoría que no sabe razonar para que vivan convencidos de que habitan el mejor de los mundos, sin preguntarse qué le cuesta su bienestar al resto del mundo, y sin comprender que puede haber un bienestar mayor que sucumbir al consumismo.

El camarero retiró las fuentes y los platos. Envueltas en la conversación no habían comido mucho, aunque sí habían consumido varias botellas de cerveza Corona.

Victoria pagó la cuenta. Mientras caminaban hacia el coche dijo:

—No te imaginas qué gusto me da oírte, Fernanda. Aunque no pueda pensar sobre Cuba como tú, me alegra ver que nada ha cambiado tu compromiso con la justicia. ¡Cómo quisiera yo poder seguir creyendo en nuestros ideales!

—A mí también me alegra verte, Victoria. En aquellos años del instituto se forjó lo mejor de todas nosotras. Han seguido siendo, a pesar de todo, mis mejores recuerdos. Sé que hay cosas de las que quieres hablar. ¿Qué tal si nos encontramos mañana por la tarde? Ven por mi oficina a eso de las tres. Nos iremos al desierto y hablaremos con tranquilidad.

El coche se incorporó a la cinta de luces que se dirigía al Puente Internacional, un puente sobre un río que divide dos mundos. Un río donde en los últimos años han perdido la vida más de tres mil personas en el intento de pasar al mundo de la otra orilla, donde el trabajo les permita subsistir, aunque para ello tengan que dejar atrás familia, historia, raíces.

XIII. Felipe

Herida es el amor, tan penetrante,

que llega al alma

Fray Luis de León, *Quien te dice que ausencia causa olvido*

Nunca pude imaginar que fuera tan dulce. Esperaba un volcán y me encontré bañado por las aguas de un mar en calma.

Me asustó que llorara, pero luego sus lágrimas eran como el rocío, y se volvieron sonrisas en su rostro y el mío. Sé que no le hice daño, que al final ella lo deseaba más que yo.

Ella quería darme un regalo, y quizá fui yo quien se lo dejó a ella. Pero, ¿y si le hubiera hecho un hijo? Ninguno de los dos estábamos preparados para ese encuentro, y ni siquiera pensamos en las consecuencias que pudiera tener...

Si resultara embarazada, sería terrible... ¿Qué se haría? No me imagino que sus padres la comprenderían, aunque, a decir verdad, no tengo ni idea de cómo son sus padres. Parecía más accesible que las otras, como si ser gente rica no la hubiera separado del todo de personas como nosotros...

Jamás pensé hacer el amor así, sin palabras, sin saber nada el uno del otro. Y fue hacer el amor, pues no era cosa de sexo aceptar el regalo de una mujer que se me ofrecía porque me iba a la guerrilla, y ella quería que me llevara la alegría de haber sido amado.

Lo cierto es que quien me fascinaba era la otra, Fernanda, porque los ojos le brillaban como si supiera algo que todos los demás ignorábamos. Con ella no hubiera sentido que estaba acariciando una flor, sino que me hubiera desbordado en ríos de lava.

Sólo llegué al clímax con Irene porque a la ternura que me inspiraba superpuse la pasión que me despertaba Fernanda. Fue recordando su risa, cómo echaba hacia atrás la cabeza y se reía desde muy dentro, que logré derramarme dentro de Irene.

No es que me sintiera mal por ello en ese momento. Aquel acto de amor no era entre una chica llamada Irene y un chico llamado Felipe, sino entre un guerrillero y una patriota, entre un hombre que iba a la guerra y la mujer que lo enviaba allí.

Lo que pasa es que no he ido a la guerra. Estoy en esta finca, anclado, preparando vendas y paquetes de alimentos, llevando y trayendo mensajes, ayudando a cosechar maíz y frijoles. Y ahora siento que no merecía aquel regalo. Espero que ella esté bien. Y que no esté embarazada. Es imperdonable no saber siquiera su apellido, ni cómo contactarla, porque aunque la que me fascinaba era Fernanda, con sus borbotones de risa, ahora creo que me he enamorado de Irene.

XIV. Mercedes

Es tarde para la rosa.
Es pronto para el invierno.
Mi hora no está en el reloj...
¡Me quedé fuera del tiempo!...
"Tiempo"
Dulce María Loynaz, *Versos* (1920-1938)

—Tú debes ser Eliseo Antonio, ¿verdad?

Victoria casi se arrepintió de su familiaridad, al ver que el jovencito que le abría la puerta se quedaba en silencio. Pero muy pronto la tranquilizaron su sonrisa y sus palabras.

—Sí, claro. Y usted es Victoria, por supuesto. La hubiera reconocido en cualquier parte. Mamá la está esperando.

—Pues eres muy halagador. No creo que tu madre tenga ninguna foto mía de los últimos veinte años. Y el saludo de todos mis amigos es siempre "¡cuánto has cambiado!".

—No se lo crea. No es verdad. Es idéntica a sus fotos de universitaria... Pero venga, mamá está en el *Florida room* —dijo, conduciéndola hacia la habitación de paredes de tela metálica que se abría al jardín.

—Gracias por tus palabras. Pero no sabes lo que te has ganado. Te aseguro que si algún día me siento deprimida, te llamaré por teléfono. Y, ahora, cuéntame algo

de ti: ¿qué tal la universidad? ¿Cómo se divierte un muchacho de tus años en Miami hoy? ¿Tienes montones de
amigos? ¿Alguna chica en especial?

—¡Ay, Victoria! ¿Cómo quieres que mi pobre hijo
te conteste tantas preguntas a la vez? En eso sí que no has
cambiado nada...

Y Mercedes la abrazó emocionada.

—Anda, Eli, cariño, ¿por qué no nos traes un par
de coca-colas con bastante hielo? ¿Quieres un poco de
whisky en la tuya, o prefieres ron?

—La prefiero sencilla, sin alcohol. Gracias.

—¿No te habrás vuelto abstemia por esas tierras
de Dios?

—No, en lo absoluto. Sólo que ahora no me ape-
tece el alcohol. Ya tengo demasiada alegría sólo con verte.

—Me parece mentira… ¿Cuántas veces has pasado
por Miami en estos años? Y ni una llamada siquiera...

—No paso tanto por aquí, Mercy...

—Y cuando lo haces, es como si huyeras...

—No me lo reproches. Todos llevamos esto como
podemos.

—Si "esto" es el exilio, algunos lo llevamos trabajando para que se acabe.

—Eso suena más a algo dicho por tu marido —el
tono de Victoria fue de lástima, más que de reproche.

—Pues aunque sea él quien aparece en los periódicos, a mí bastante que me cuesta esta lucha. Al menos
hago más que tú, que teniendo voz y quien te oiga nunca
denuncias tantas ignominias.

Se hizo un silencio. Una vez más Victoria pensó en
cuán fácil les resulta a quienes, como Mercedes, lo ven
todo en blanco y negro, sin matices, sin cuestionarse, sin

agonizar, frente a la complejidad de una historia con tantos elementos difíciles, y a veces hasta contradictorios.

Sólo Eliseo Antonio rompió el silencio:

—Aquí tienen, señoras, sus coca-colas. Y por si se animan luego les dejo las botellas.

Y dejó sobre la mesita la bandeja con dos vasos llenos de hielo, un par de latas de Coca-cola, una botella de ron y otra de whisky.

Luego acercándose a su madre le dio un beso:

—Y acuérdate, mamá. Has estado esperando con ilusión a una de tus mejores amigas de toda la vida... Al menos eso fue lo que me dijiste. Pero si sigues regañándola, a lo mejor te quedas sin amiga.

—¿Y a ti quién te ha dado vela en este entierro?

Mercedes trató de hablar con seriedad, pero no pudo evitar una sonrisa. Y le contestó a su hijo con cariño:

—Bien, me acordaré de lo de "toda la vida." No te preocupes. Y tú, ¿te vas ya?

—Sí. Me esperan Julio y Pepe.

Y volviéndose a Victoria añadió con picardía:

—Porque, sí, Victoria, tengo muchos amigos. Y aquí en Miami nos gusta ir a la playa, y oír música, y lo pasamos muy bien en South Beach. Y si no le molesta mucho que se lo diga, a mí quien me trae enloquecido no es una chica, sino un chico guapísimo, al que estoy tratando de conquistar.

—Eli, ¡por Dios! ¡Qué cosas dices!

—Pero, mami, ¿es o no es tu amiga de toda la vida? Si lo es, ¿cómo no decirle la verdad? Tu único hijo, el amor de tu vida, es *gay*. Y te quiere muchísimo. Y tú, por más que quieras disimularlo, vives orgullosísima de él.

—De eso no te quepa duda, Eliseo Antonio. No veré mucho a tu madre, pero la conozco bien. Y, cada vez que nos telefoneamos, no hace más que hablar de ti. Y gracias por tu sinceridad. Tienes toda la razón. Sin sinceridad no es posible la amistad. Y si ese chico tan guapo no se ha enterado lo que vales, búscate otro. ¡Que vales demasiado para que se haga de rogar!

—Gracias, Victoria. Hasta luego. Espero que vuelvas pronto. Chao, Mami. Creo que de todas tus amigas ésta es la que más me gusta. Trátala bien.

Volvió a estamparle a su madre otro beso en la mejilla, y se marchó con un paso seguro y alado a la vez.

—Siempre me he preguntado si yo tengo la culpa.

—¿La culpa? ¿De qué? ¿De que tu hijo sea *gay*?

—No tendría que haberle puesto ese nombre. Creía que con ello expiaba un poco nuestra culpa. No nos quedó nada de aquellos chicos, sólo sus nombres. Y mira, en cambio, lo que me ha pasado.

—Pero, Mercedes, ¿qué dices? Ponerle ese nombre fue un gesto hermoso. No podíamos hacer nada más por aquellos chicos tronchados en plena juventud. Ha sido un modo de hacerlos seguir viviendo en alguna forma. Y te aseguro que las que no tenemos hijos te lo hemos agradecido. Y ya ves, Irene te ha imitado. Pero, volviendo a tu hijo, puedes estar segura que nadie se vuelve *gay*. Es un modo de ser, y así naces. Y ni el nombre, ni la educación tienen nada que ver.

—Pues mi marido me echa la culpa por haberlo malcriado tanto. Cuando supe que no podría tener otro, se me convirtió en el centro de la vida.

—¿Enrique nunca te pidió cuentas por el nombre que elegiste?

—Pues, sí, demasiadas veces. Sobre todo cuando supimos que ya no iba a tener otros para poder ponerle su nombre. Pensó que me había complacido un capricho, porque tendría otros a quienes nombrar. Nunca ha querido llamarlo Eliseo Antonio. Lo llama "Papo", que es un apodo horroroso. A Eli no le gusta nada que lo llame así, pero nunca ha podido conseguir que cambie. Aunque últimamente su padre evita tanto encontrarse con él, que creo que hasta le gustaría que lo llamase con ese apodo, con tal de que le hablara un poco más.

—Y, ¿desde cuando están así las cosas?

—Bueno, pues, al principio nos dábamos cuenta de lo que pasaba, pero nunca hablábamos de ello. Creo que los dos teníamos la esperanza de que era algo pasajero, que en algún momento se le masculinizaría la voz, que se volvería más hombre... pero ha resultado ser todo lo contrario. Cada día es más afeminado. Y luego un día nos dijo de frente, mientras comíamos, que teníamos que aceptar que es *gay*. Que eso es lo que él era. Y que nada iba a cambiarlo.

Mercedes enmudeció un segundo, como tratando de cobrar fuerzas para lo que vino después:

—Mi marido se levantó de la mesa y casi se le abalanza encima. Yo, claro, me metí entre los dos para impedirlo. Nada. Que Enrique se fue de casa dando un portazo. Y volvió tardísimo. Borracho, como nunca lo había visto. Al día siguiente se encerró con Eli en su habitación y, según él, quiso darle todo tipo de consejos, aunque al final los consejos se volvieron amenazas: que si lo iba a llevar a un hospital psiquiátrico, que si no quería volver a ver a ninguno de sus amigos, que si lo iba a mandar a una escuela militar.

Volvió a quedar en silencio para decir, al cabo de unos instantes, con un tono de resignación evidente:

—Ahora estamos tranquilos, Eli y yo, porque Enrique se fue anteayer a un viaje de negocios por Sudamérica y va a estar fuera veinte días. Yo trato de convencer a Eli que debe disimular sus sentimientos delante de su padre, que si hiciera un esfuerzo no se le notaría tanto, y que quién sabe si todo mejora. Pero ya ves la actitud que tiene. Es como si estuviera orgulloso de lo que le ocurre.

—Pero, Mercy, ¿no te das cuenta que no le ocurre nada? Es quien es. Y tú tienes que ser su mejor aliada. Pero para eso tienes que convencerte a ti misma de que tienes un hijo maravilloso. Es el único modo de ayudar a que Enrique lo entienda también.

—Es que yo hubiera deseado algo tan distinto. Hubiera querido que se casara. ¿No te das cuenta que es mi único hijo? Nunca voy a tener nietos... —se lamentó Mercedes, con voz temblorosa.

—Hay cosas mucho más terribles en la vida que no tener nietos. Y tenerlos no es prerrogativa de nadie. Es un don, como tantos otros, no algo que puede exigírsele a la vida. No quiero asustarte, pero hay dos cosas en las que debes pensar. ¿Sabes cuántos jóvenes gays se suicidan porque no soportan el desprecio? El de un padre debe ser uno de los peores... Por otro lado, los jóvenes de esta generación parecen haberle perdido el miedo al sida. Y a pesar de estar informados y tener los medios para cuidarse, muchos no lo hacen. En lugar de soñar con cambios imposibles, quizá sería mejor que te preocupes por conseguir la confianza de tu hijo para poder hablarle de la necesidad de que se proteja, de que no cometa ni una sola imprudencia.

Victoria se levantó y se dirigió en silencio a la puerta que se abría hacia la piscina. La vegetación tropical parecía sonreír. Dos cocoteros cargados de racimos, promesa de agua dulce y refrescante, un árbol de mango con numerosos frutos, verdes todavía, colgando de los largos pedúnculos, plantas de hojas lustrosas, en una sinfonía de verdes luminosos. El seto de arbustos con hojas rojas y amarillas de colores tan vivos que competían con las flores.

Los sollozos de Mercedes, entrecortados, se fueron haciendo poco a poco más distantes. Cuando entendió que había dejado de llorar, Victoria regresó a su lado. Se agachó junto a ella y lentamente, con voz que era casi un susurro, como si le hablara a un niño pequeño, a un animalito asustado, a un ave herida, le dijo:

—Tienes un hijo extraordinario, inteligente y sensible. No usa drogas. Te quiere y está vivo. Por favor, haz lo posible por conservarlo vivo y sano. Y por ganarte su cariño.

Mercedes la abrazó, dejándole el cuello bañado en lágrimas.

—Gracias. No te creía capaz de ser tan compasiva.

Victoria agarró a Mercedes por los hombros y la sacudió fuertemente.

—Calla y ¡deja de llorar! Que no vayan a oírte Segismundo o su mujer.

Y volvió a sacudirla.

A lo lejos se oían los cantos de los primeros gallos.

—Nadie debe saber lo que ha pasado aquí esta noche. Podemos perjudicar a esos muchachos sin remedio.

—*Se aprovechó de mí. Yo no quería besarlo* —murmuraba ella, con voz casi inaudible, oculta por la negra cabellera desordenada que le cubría el rostro—. *Quería tanto guardar mi primer beso para el que sea mi novio...*

—*No importa por qué llegaste a besarlo. No te ha pasado nada. No se te han acabado los besos. Y nadie sabrá nunca si es el primero o no. Ya se han ido. Posiblemente nunca volvamos a verlos. Pero si alguien se entera de que estuvieron aquí, podemos meternos en un lío serio. No sólo nosotras, sino también a ellos, y sobre todo a Luis Miguel. ¿Es que no entiendes? ¿No sabes en qué tiempos vivimos? Todas las noches matan a algún muchacho idealista, y tú lamentándote por un beso más o menos.*

—*Déjala, Victoria. No seas tan dura con ella. ¿No ves lo confundida que está?*

Victoria se quedó mirando a Clara, la única que estaba ya vestida para regresar a la ciudad. Y se alejó de Mercedes y del grupo.

¡Qué fácil se había repuesto Clara! Cuando la había encontrado a media noche, con el camisón de dormir lleno de barro y sangre, había pensado que estaba herida. Pero Clara se había limitado a pedirle silencio.

Ahora tenía el mismo porte de siempre, con el vestido camisero de mangas largas y botonadura al frente hasta el cuello. Y el cabello peinado en un moño francés. La única diferencia de su estilo habitual era que se había puesto un poco de maquillaje, quizá para ocultar su palidez.

Aparentemente, Fernanda no se había levantado todavía. Aleida, como siempre, sólo tenía ojos para Victoria, pero esta vez su mirada parecía más cargada de reproches que de adoración. La mirada de Irene, en cambio, nada revelaba. Como siempre, se mantenía un poco al margen del grupo, observando cada detalle de lo que ocurría. A Victoria le pareció que cada gesto de Irene, cada palabra, los había visto u oído antes en alguna de las otras cinco. Era como si viviera aprendiendo a ser como ellas, en un estudio constante. Aunque luego la recreación resultara un conjunto armónico, con rasgos de todas, aunque sin similitudes con ninguna.

¿Qué podría imitar ahora? ¿El desconcierto, la angustia, el remordimiento?

En una noche habían ocurrido demasiados acontecimientos que dejarían sus huellas. Sin embargo, aún era demasiado pronto para saber cuáles serían.

Me crees incapaz de la compasión porque entonces te impuse el silencio, en lugar de permitirte la confesión y la absolución.

—Es que el silencio ha sido tan difícil de arrastrar...

—¿Qué es lo que hubieras confesado? ¿Que a los quince años te besaste con un chico desconocido que iba a unirse a la guerrilla? ¿O que por proporcionarles armas a esos chicos que eran casi unos niños, cuando los encontraron armados los fusilaron?

—No fui yo la que inventó darles las armas. Fue Fernanda. Y sólo Clara sabía abrir la caja fuerte de su padre. Y ya ves, a mí el castigo me ha perseguido toda la vida.

—¿Piensas de veras en tu hijo como un castigo?

—No. ¡No! Claro que no. Si lo quiero muchísimo. Es que no te imaginas cómo se pone Enrique.

—¿Has pensado al menos en la separación?

—¿Separarme? ¿Cómo podría? ¿De qué iba a vivir? ¿Cómo me las arreglaría? Ya ves, papá me insistía tanto en que nunca tendría que trabajar, que me dejaría suficientes casas para vivir de la renta toda la vida. Y luego vino la Revolución y cuando vinimos aquí insistía día a día en que aquello estaba a punto de acabarse. Cada mes creía que era el último que viviríamos en Miami. Luego mi madre se enfermó de cáncer y su única ilusión era verme casada. Y a la familia de Enrique la habían conocido de toda la vida. Yo a él lo había visto poco, como estudiaba en Washington, y cuando se me declaró no me lo podía creer. Pero mi madre decía que quería tener la alegría de verme casada antes de morir. Y me alegro de habérsela dado, y de que llegara a conocer a su nieto. ¡No puedes imaginarte cómo lo quería! Hasta llegamos a pensar que se salvaría por lo alegre que se puso. Sin embargo, a pesar de tantas operaciones, al final no logró sobrevivir. El cáncer la fue minando por entero.

”Entonces empecé yo con la odisea de perder embarazo tras embarazo. Y una vez que ya me convencieron para dejar de intentarlo, después que estuve tan mal una vez, mi padre se enfermó y vino a vivir con nosotros. No tienes idea lo difícil que es cuidar de alguien con Alzheimer.

”Y, nada, que se me fueron los años, de nodriza y de enfermera. Enrique se fue metiendo más y más en la lucha del exilio, y siempre anda por ahí con los amigos. Son como mi padre. Cada mes creen que ya va a cambiar todo en Cuba. Y cada vez tienen más rencor. Nunca he querido enterarme, pero me imagino que Enrique habrá tenido sus entretenimientos por ahí.

”Tengo que agradecerle que me permitiera tener a papá en casa todos esos años. Después que murió he trabajado aquí y allá. Pero ningún trabajo que pueda yo conseguir con la poca preparación que tengo me va a permitir la independencia.

"Si tan siquiera tratara mejor a Eli, no me importaría seguir como hasta ahora. No es que tengamos mucha vida común, pero a Enrique le gusta tener su casa bien arreglada, traer amigos cada vez que quiere, y contar con que sólo tiene que llamarme una hora antes y les tendré hecha la comida, ya sean dos o diez. Por eso prefiere que no trabaje. Como lo que puedo aportar es tan poco y no tengo muchos gastos, él no cree que valga la pena incomodarse. Así que, en general, me deja en paz. Y yo mantengo la casa, leo, bordo, y me preocupo de Eli. ¿Te he dicho que a Eli le encanta la música clásica? Ven a ver qué colección tan increíble tiene…"

Pero Victoria no quiso que se escudara en la excusa de los discos para desviar la conversación. Sabía bien que a Mercedes le era difícil franquearse con ella, y como ya había empezado, no podía dejarlo así.

—Mercedes, tienes mucha vida por delante. Fuiste siempre tan inteligente y tan capaz. ¿Cómo es posible que te resignes a esta condición? ¿No se te ha ocurrido que puedes seguir estudiando? Con un poco de preparación y tu madurez, lograrás encontrar un modo de independizarte. Ninguna mujer merece vivir en esa sumisión. ¡Tanto que habla de libertad en abstracto tu marido, y lo poco que sabe respetarla dentro de su propia casa!

XV. Clara

...dejando mi cuidado
entre las azucenas olvidado.

San Juan de la Cruz, *Canciones del alma*

La madre María Paz duerme. Si acaso es dormir el coma en que se encuentra desde que la operaron. Después de contemplarla por días y noches, mi respiración ha llegado a armonizar con la suya, leve, auxiliada por el oxígeno que suministran a sus pulmones los delgados tubos de plástico verde. Haberlo conseguido, espontáneamente, sin mayor esfuerzo, me sorprendió en el primer momento. Luego he comprendido qué poderoso ha sido el sentido de comunidad que me une a mis compañeras de claustro. Y he caído en cuenta que, de un modo natural, trato de darle a María Paz lo único que está en mis manos: mantener vivo ese vínculo de hermandad, de solidaridad humana, de entrega a la búsqueda de la unicidad absoluta.

Al escribirte, Victoria, lo hago lentamente, respetando ese ritmo acompasado, aunque casi imperceptible. Entiendo bien que éste es mi verdadero papel aquí. No me preocupa, en cambio, estar rompiendo con esta carta el voto de clausura impuesto por la Madre Superiora, pues lo he roto un par de veces desde que vivo en el hospital, a pesar de todos los esfuerzos del personal para cumplir con nuestro deseo de mantenernos en clausura.

Le han dado a la madre María Paz una habitación amplia con baño en la que colocaron una cama y un escritorio para mí. Los primeros días no salí, manteniendo, dentro de lo posible, mi horario habitual: rezaba el breviario, leía, escribía algo, comía en la habitación, y aquí me traía la comunión el capellán del hospital. Las entradas y salidas de médicos y enfermeras no llegaban a interrumpir mi quietud. El especialista de cabecera es un hombre lacónico que se ha limitado a decirme cada día: "Sigue igual, pero mientras hay vida...".

El estado de María Paz y las palabras del médico han pautado mis meditaciones de estos días, ya transformados en semanas. ¿Qué es la vida? ¿Cuáles sus alcances? Siento la vida de María Paz guiando mi propia respiración, enseñándome que puedo alcanzar una quietud mayor aún que la del convento. ¿Es vida su existencia, aunque no esté consciente de estar viva? Una vez más, la vieja pregunta de si es hermosa la flor que nadie ve. ¿Dónde acaba su vida y empieza la mía? ¿Realmente La Vida es una, única, con múltiples manifestaciones? ¿Se diferencian las células de carbono que hoy conforman este cuerpo inerte, de las cenizas que alguna vez serán, y que en un proceso menos obvio que volverse alimento de gusanos pasarán de todos modos a esa cadena de lo que llamamos "seres vivos"? ¿Y qué ocurre con el pensamiento, con la memoria de esta historia que quisiéramos que no dejara de contarse jamás?

Poco a poco, sin embargo, a pesar de mantenerme muy cercana al silencio absoluto, las pisadas que entran a este cuarto empezaron a revelarse en su individualidad.

Aun sin mirarlas, sin saber el color de su pelo o sus ojos, las cuatro enfermeras que se turnan para entrar en la habitación han ido adquiriendo cada una su propio perfil. Por el ritmo de sus pasos, por su respiración, he ido descubriendo sin proponérmelo la calma y la serenidad de una, la impaciencia de la otra, la necesidad de orden y perfección de la tercera; la inseguridad de la cuarta.

La Madre Superiora, preocupada por mi larga permanencia en el hospital, se ha ofrecido a sustituirme. La he convencido de que no es necesario, que ya he atravesado por un periodo de adaptación. No le he dicho, porque podría interpretarse como presuntuoso, que la madre María Paz advierte de algún modo mi presencia, y se siente reconfortada por la sintonía de nuestro espíritu. Lo noto cuando se marchan las enfermeras que trastornan sin saberlo nuestro ritmo, me cuesta unos minutos volver a reestablecer.

La Madre Superiora sólo ha consentido en que me quede bajo la promesa de avisarle si en algún momento siento que debo regresar, y me ha ordenado rezar laudes y maitines caminando por los pasillos del hospital, para asegurarse que hago algo de ejercicio a diario. Por supuesto, la he obedecido. Aunque a esas horas hay pocas personas en los pasillos, camino con la cabeza baja, así no cruzo miradas con nadie. Para no dejar sola a María Paz he tenido que dirigirme a dos de las enfermeras, las que están en ese turno, y pedirles que la acompañen mientras estoy fuera de la habitación. La Madre Superiora me había advertido que hablar bajo condiciones de necesidad no sería un incumplimiento de las reglas, y por lo tanto no me preocupó hacerlo, aunque ha dado pie a que una de las dos, aquella cuya inquietud había notado antes, se atreviera a hablarme. Hace dos días me dijo: "¿No cree usted que sería mejor si todos los médicos fueran mujeres?" Y viendo que no le respondía en la forma que esperaba, añadió: "Bueno, al menos, todos los ginecólogos. Eso no me lo podrá negar".

Yo comprendí que me acababa de contar su historia en esa sola frase.

Anoche me la relató en detalle. Se llama Emilia. Su familia vive en un pueblo pequeño del sur de Colorado, y la enviaron aquí a Albuquerque, a casa de unos tíos, para que pudiera estudiar enfermería mientras trabajaba de asistente en el hospital. Los arreglos los hizo un tío médico, en realidad esposo de la tía, hermana de su madre, que es ginecólogo.

Desde el primer momento le prestó, según la chica, demasiada atención. Esto la hacía sentir incómoda, pero como la tía se sentía satisfecha y halagada por estas atenciones del marido con la sobrina, no sabía muy bien cómo actuar, y llegó a pensar que el disgusto que sentía era infundado, por lo que se esforzó en ser gentil y amable.

Un día el tío insistió en que tanto la tía como su hija y la sobrina debían someterse a un reconocimiento habitual. Las tres lo acompañaron a la consulta. Él reconoció a su mujer y a su hija primero, y luego encontró una excusa para demorar el reconocimiento de la sobrina y sugerir que su mujer y su hija fueran a comprar entradas para la función de teatro de esa noche, y a recoger unos regalos que había dejado reservados para ellas en una tienda. La sobrina no pudo evitar que se fueran dejándola allí en la consulta.

El tío la hizo subir a la mesa de reconocimiento en presencia de la enfermera, como es usual. Pero luego indicó con un gesto a la enfermera que debía salir, y antes de que la chica pudiera siquiera intuir lo que seguía se encontró con los pies atados a los estribos de la mesa, y al tío encima de ella. La violación no duró sino un instante. Como la chica se resistía, el tío la amenazó diciendo: "Si me arañas o me muerdes le diré a tu tía que has intentado seducirme".

Emilia no quiso contarme los detalles del horror que sintió aquella noche al acompañar a su familia al teatro. Su única preocupación en aquellos momentos era ocultar lo sucedido, para evitarle un dolor a la tía e impedir que su padre se enterara, y fuera a vengarse del tío. Un par de días más tarde logró irse de la casa y se refugió en el apartamento de una compañera de estudios. Aunque trató de explicar que era una decisión que había venido pensando hacía tiempo, provocó el disgusto de la tía y de sus padres. Sin embargo, confiaba poder seguir adelante sin demasiados problemas, hasta que advirtió que estaba embarazada.

Con su entrenamiento de enfermera debió haberlo sospechado desde muy temprano. Pero me confesó que se le hacía tan aborrecible pensar siquiera en la posibilidad, que se empeñó en convencerse a sí misma de que sus retrasos se debían al trauma sufrido y a la tensión que le estaban causando las fricciones con su familia. Cuando tuvo que reconocer la verdad ya tenía más de tres meses. Y en vez de optar por un aborto, ha estado contemplando seriamente el suicidio. Le parece una solución generosa para ahorrar problemas dentro de la familia. Pero dice que se lo ha impedido la fuerza de la vida que lleva adentro.

Debió haberla sorprendido mucho que mi primera pregunta fuera: "¿Y no temes que si dejas nacer a esa criatura te recordará todos los días al hombre que te violó?". Pero si se sorprendió, no lo hizo patente, porque contestó con toda seguridad: "En esta criatura inocente no habrá nada de ese monstruo".

Aunque luego añadió: "Y pensar que él también tuvo que haber sido una ilusión en el vientre de una madre...".

Hubiera querido ofrecerle a su próxima pregunta la certidumbre que ella esperaba: "¿Cree que con mi cariño conseguiré que este niño redima a ese otro niño descarriado?".

Aunque personalmente me gustaría desenmascarar al violador y verlo despojado de la posibilidad de volver a hacer daño, lo único que pude decirle fue que si de veras quería tener al niño, sería una locura romántica pensar que podría ocultar su paternidad e ilusionarse con que eso redundaría en algún bien, sino que, en cambio, iba a traer las desgracias que no había querido: el dolor de la tía y algo peor, la ira de su padre hacia el tío y la consecuente ruptura familiar.

No obstante, sus temores son aún mayores, pues teme que el padre podría actuar de forma violenta contra el tío, y la aterran las posibles consecuencias. Tiene muy claro tres caminos posibles: el primero sería optar por la verdad con las consecuencias que eso podría implicar; el segundo, impedir el nacimiento del niño suicidándose, porque sacrificar el niño y conservar su vida le parece demasiado cobarde a estas alturas. Y el tercer camino, por el que aparentemente se ha decidido, sería dejarlo nacer pero ocultarlo, y asegurarse de que no pueda descubrirse quién es el padre. Sólo que está tratando de encontrar algún medio para irse lejos y conseguirlo.

Evidentemente, quería descargarse del peso que lleva en el alma. Por eso me dijo: "Si hubiera mujeres sacerdotes iría a confesarme. Pero lo que me pasa no voy a ir a decírselo a ningún cura".

Y luego en broma, pero sin ocultar lo que hubiera deseado que fuera posible, añadió: "¿No puede usted darme la absolución?".

Esto nos llevó a una larga conversación sobre el tema de la culpa y el perdón, la diferencia entre responsabilidad y culpa, entre perdón y olvido, y asumir el pasado a través de la transformación en el presente. Es el diálogo que habíamos iniciado tú y yo, y que ojalá alguna vez podamos continuar.

En realidad, esta carta la ha inspirado Emilia y mi deseo de ayudarla. Siempre te he considerado como la encarnación de lo posible. Esta chica, determinada a tener al hijo, ya sabe que será varón, necesita irse de aquí, tan pronto y tan lejos como sea posible. Es joven y quizá algún día pueda volver, pero debe dejar que pasen algunos años.

Primero pensé en mi hermana, en El Paso, pero es demasiado cerca y Fernanda, estoy segura, tendrá demasiadas cosas en el plato. Me quedas tú. O más bien, tú eres la mejor elección.

Sé que vives sola y que por tu trabajo viajas mucho. También sé que tienes un buen círculo de amistades. ¿No te vendría bien tener por un tiempo a alguien que te cuide la casa, que te ayude cuando estás, y te ponga al día de la correspondencia y los mensajes cuando viajas? Te gustará Emilia. Es discreta e inteligente. Lo ideal sería que después de nacer el niño siga trabajando y estudiando. Estoy segura de que tendrá las fuerzas para hacerlo, pero entretanto, te agradecería muchísimo si la acogieras...

Comprendo que es una osadía pedirte un favor así. Sólo lo hago porque sé que lo considerarás, y si no te es factible me lo dirás sin rodeos.

Le he preguntado a Emilia si ha elegido algún nombre y me ha dicho que no, y que le agradaría que yo lo escogiera. Es todo lo que tengo para ofrecerte: elige tú el nombre. Quizá quieras optar por una combinación de aquellos nombres, y continuar así el rito expiatorio que iniciaron Mercedes e Irene, y en el que creíamos no poder participar. A mí me gustaría sugerir el nombre de Luis, que fue otra víctima de aquel momento. Pero no vaciles en elegir el que prefieras. Emilia agradecerá todo vínculo que queramos crear con esta criatura.

Gracias por leer esta carta y por considerar mi petición. Si no pensara que es una buena idea no te lo propondría. Escríbeme a las señas del remitente. Es la dirección de Emilia. ¡Qué extraña sensación volver a ocultar la correspondencia a estas alturas de la vida!

Deseándote toda paz, todo amor,

Tu vieja amiga, Clara.

XVI. Aleida

...y el pecho por su amor
muy lastimado

San Juan de la Cruz, *El pastorcico*

Victoria se acercó a Aleida, que llevaba un rato asomada al balcón. En Miami, había evitado siempre los hoteles ostentosos, prefiriendo el encanto de los pertenecientes a la época Art Deco. Pero para estos días de reencuentro con sus amigas y con su pasado, eligió un viejo hotel de la ciudad de Coral Gables, con la elegancia simple y el tono reposado de principios del siglo XX.

Había esperado a Aleida en el vestíbulo, y luego se tomaron una copa junto a la piscina. La conversación no había avanzado más allá de las frivolidades iniciales, cuando Aleida le propuso que subieran a la habitación.

—Tal vez me sentiría más cómoda que hablando aquí —le dijo, mirando hacia las mesas cercanas. En una, tres parejas jóvenes reían constantemente de los chistes que decía uno de ellos; en la otra, dos hombres, que evidentemente formaban una pareja, se hablaban en voz baja.

Sin embargo, una vez en la habitación, Aleida rehusó sentarse y se había acodado en el balcón, sumida en un silencio que al fin Victoria decidió romper.

—Aleida, ¿no crees que ha llegado la hora de hablar?

—Hay cosas que mejor se quedan siempre en el silencio...

—Pues no lo sé... a todas parece habernos hecho un hueco en la vida.

—¿A todas? Pero, ¿qué dices? ¿Qué hueco puede haberle hecho a nadie que no seamos tú y yo...?

—Pero ¿de qué crees que quiero hablarte?

—De lo nuestro.

Al ver la cara de sorpresa de Victoria, insistió:

—Lo nuestro. Lo tuyo y lo mío.

Victoria se quedó mirándola. De las seis, Aleida siempre había sido la más cuidadosa de su apariencia, con una preocupación obsesiva a veces. Se había convertido, sin lugar a dudas, en una mujer elegantísima, con cierta debilidad por las joyas que parecía compartir con muchas mujeres cubanas de Miami. Llevaba el pelo corto, con un peinado audaz, y si hubiera tenido que aparecer ante las cámaras en ese momento, ningún maquillador hubiera encontrado nada que retocar en el arreglo impecable.

Victoria le sonrió:

—Lo nuestro, Aleida, fue algo hermoso, que quedó encerrado dentro de su botella mágica, y allí debe dormir sus sueños de dulzura.

—¿De dulzura? Tal vez... bueno, en comparación, quizá tengas razón...

Aleida dejó vagar la mirada, más allá del balcón, sobre las copas de los árboles, hasta el horizonte lejano.

Victoria esperó varios minutos antes de retomar la conversación.

—La verdad, Aleida, es que quería hablarte de otra cosa... Aunque quizá debiéramos hablar primero de ti.

—Pues no se quedó tan encerrado lo mío... Mi marido me lo ha echado en cara año tras año.

—¿Qué le dijiste? ¿Qué le contaste?

—Decirle, no... Nunca le hablé de nosotras, pero cada vez que se me acercaba era para decirme que era frígida, para recriminarme que seguro extrañaba estar con otra mujer.

—Lo siento. No me lo imaginaba. Lo has disimulado bien. Llegaste a convencerme con tu papel de señora feliz.

—Es que tengo grandes artes para el disimulo... Ha sido mi modo de sobrevivir. Ahora ya no importa —y sacudiendo con fuerza la cabeza, como para impedir la posibilidad de que una lágrima importuna fuera a amenazar la línea bien trazada alrededor de los ojos, agregó:

—Ya no se me acerca.

El dolor parecía deslizarse por ella con tanta delicadeza como el traje de seda sobre sus pantorrillas hermosas, bien cuidadas. Para Victoria era evidente que se refería a algo más que al cese de un encuentro conyugal mal avenido.

La fuerza del dolor quedó flotando entre las dos, hasta que preguntó:

—¿Qué ha pasado?

—No importa. Dime... ¿me quisiste alguna vez?

Aleida acompañó la pregunta con un gesto, poniéndole la mano sobre el brazo. Allí, en esa mano —cuyos dedos cortos, que las largas uñas esmaltadas no lograban componer, contradecían toda la esbeltez de su figura— Victoria vio la sortija que alguna vez había sido suya. La misma que en una tarde de adolescencia se había quitado de su propio anular para dejarla en aquel dedo regordete donde todavía refulgían los diamantes en forma de cruz.

—Te quise, te he querido bien siempre, pero éramos apenas unas niñas.

—Y hoy, ¿podrías quererme?

—Pues, claro que te quiero.

—No, quererme de veras.

Nuevamente las invadió el silencio, mientras Victoria trataba de escuchar las palabras no dichas:

—Me preguntas si te haría el amor. ¿Es eso lo que me preguntas?

—¡Sí! ¿Me lo harías ahora?

La voz de Aleida se volvió acerada, cortante, mientras se desataba la blusa, dejando caer el sostén sobre la cama, a la que se había acercado mientras hablaban. Un sostén de encaje que conservaba la forma de los senos falsos adheridos a él; dejando resbalar la blusa de seda por los hombros, ofreciéndole el pecho transformado, liso, raso, con el cordón de una cicatriz bajándole hasta la cintura.

Victoria la miró, y creyó ver en este pecho pálido y desnudo al Cristo de Merino que contemplara en la modesta oficina de Fernanda en El Paso. Y oía el grito de los senos desaparecidos, como había creído escuchar el grito telúrico de los indios de barro, mudos protagonistas en aquella rústica imagen de La Pasión.

—¿Era tan necesario?

Toda media palabra, todo eufemismo, se había hecho imposible.

—Lo preferí así. Nada de dudas, de posibilidades de metástasis. Lo exigí radical, de cuajo. Así pagué el precio de la tranquilidad, cumpliendo con aquello que tanto repetía tu padre de "mejor una vez rojo que ciento amarillo...".

Victoria la miró largamente a los ojos. Luego alargó la mano lenta. Y sin rozarla apenas, le acarició el espacio vacío de cada seno, la piel lisa, estirada, hasta llegar al centro, a aquella cicatriz penosa, al cordón del sacrificio, como cilicio incrustado para siempre en la piel mística... Y fueron dos sus manos acariciando los hombros, ahuecándose sobre cada uno, apretando suavemente los bíceps, deslizándose hasta cogerle las manos, y sujetarla, y empujarla hasta dejarla acostada sobre la cama.

Sin cesar de tocarla con una mano llena de ternura, se fue desvistiendo con la otra. Después, volcada encima de ella, le fue besando los hombros, la hondonada pequeña como lago de oasis en la base del cuello. Luego le cubrió de besos el pecho, le pasó la lengua delicada por la cicatriz, como queriendo borrarle el dolor y la pérdida, el temor y la angustia, y recrearle beso a beso la esperanza.

—Ahora, querida, sabrás cómo hacen el amor las mujeres cuando se atreven a ir más allá del retozo, del roce de muslo contra muslo, como hacíamos de niñas.

Y besándole el vientre, fue bajando su rostro hasta hundirlo en el sexo húmedo... Y la llevó lentamente al paraíso.

Horas después, Victoria cerraba con cuidado la puerta, dejándola dormida.

Aparte de aquella relación íntima, no había mucho entre ambas que pudiera unirlas. Aquel acto de amor, único, desesperado y total, se atesoraría mejor en el silencio.

XVII. Luis Miguel

...estando ausente de ti
¿qué vida puedo tener?

Santa Teresa de Jesús, *Vivo sin vivir en mí*

El viento helado del Ártico, que había descendido a través de las planicies canadienses, deslizándose entre la cazadora de cuero y el casco, le congelaba el cuello. Luis lo sentía como un azote más, tan extraño como todo lo que había venido ocurriéndole en sólo un par de meses.

Todavía no podía aceptar que su vida se hubiese torcido de tal modo.

Cuando le había dejado a Marcos la llave de la casa de la hacienda de la tía Eulalia, que había ido a La Habana confiando en recibir de manos de un cirujano la juventud que quedó enredada entre los cafetos, su amigo le había asegurado que sólo haría uso de ésta en alguna situación excepcional, y con el mayor cuidado. Jamás pudo imaginarse que se apoderaría de las armas que su padre guardaba, de aquellos rifles que usaba para cazar venados, y del revólver que consideraba imprescindible tener en el campo.

Las preguntas, aspas de molino azotadas por un vendaval, no cesaban de repetirse. No tenía respuesta para ninguna. ¿Por qué les había dado Marcos las armas de su padre a aquellos chicos? ¿Quiénes eran ellos en realidad? Y sobre todo, ¿cómo habría podido tener acceso Marcos a las armas? Estaban guardadas en la enorme caja fuerte que ocupaba toda una pared del que había sido despacho de su abuelo. Y ni siquiera él, Luis, sabía la combinación que su padre no le confiaba a nadie. Alguna vez Clara le había dicho que la había averiguado, pero siempre pensó que era una broma. Nunca creyó que lo dijera en serio. Y además, ¿qué tendría Clara que ver en todo eso?

De todos modos, ahora que iba a verla se lo preguntaría, porque entre los pocos comentarios que le había hecho aquel primo de su madre al sacarlo abruptamente de su pensión de estudiante en La Habana, para subirlo en un avión rumbo a Michigan sin poder despedirse de nadie, sin recibir alguna explicación de su padre, algo había mencionado acerca de que Clara, Fernanda y un grupo de amigas habían estado en la hacienda por esos días.

¡Qué mal había salido todo en Cuba! Como este viaje en moto... aterido de frío, pasando por unos campos interminables, todos iguales, de árboles sin hojas... Esto no se podía llamar paisaje. Si no había verde alguno...

Cuando habló de su deseo de ir a ver a sus hermanas a Saint Louis, sus compañeros de la universidad estadounidense donde se sentía tan alejado de todo lo suyo, de todo lo que le importaba, le habían animado a ir en moto. Parecía que todos habían viajado así alguna vez, y le hicieron creer que se trataba de la mejor de las aventuras. Como un viaje iniciático, casi imprescindible.

"Vas a conocer de verdad el país." "No te imaginas los paisajes que vas a ver." "Te costará poquísimo." "Y ¡qué sentimiento de libertad!", le dijeron.

Quizá lo que terminó por convencerlo, aparte de

lo sencillo que parecía, fue precisamente el módico costo del viaje.

—Tu padre ha hecho arreglos para pagar la matrícula y los gastos de estancia. Y te ha abierto una cuenta en la librería de la universidad, pero no quiere que tengas ningún efectivo en mano. Debes haber hecho algo terrible para que te trate de esta manera, —le dijo, desconfiado, el primo de su madre.

Cansado de repetirle su inocencia, Luis había aceptado esta última decisión paterna, porque el primo de su madre, bastante conectado con el régimen, había sido tajante en sus primeras palabras:

—Estoy haciendo esto por tu madre, porque la quiero como a una hermana. Te tengo que poner en un avión. Te busca la policía y si te encuentran van a matarte.

Al llegar al aeropuerto, había sacado del maletero del auto un grueso abrigo, una bufanda y unos guantes.

—Llévate estas cosas, Luis, porque no te imaginas el frío que vas a pasar. Yo las traje de recuerdo de cuando estudié en Boston. Las vas a necesitar.

Y luego, cuando estaba ya a punto de subir al avión, le entregó un sobre cerrado:

—Guarda bien esto, y úsalo con cautela. Tu madre me llamó para rogarme que te lo entregara. Pero ¡que no se vaya a enterar tu padre que te he dado dinero!

Aquellos billetes provistos por la generosidad de su madre le habían permitido comprar la moto de uso.

Los chicos del dormitorio universitario habían hablado de este viaje como de algo muy fácil. "Debí haberles preguntado cuántas millas habían viajado ellos en moto, pero sobre todo, en qué momento del año lo hicieron. Esto me pasa por venir de una isla tropical. Salvo por los ciclones, jamás nos preocupamos del clima. Si llueve, escampa, y todos tan felices. Aquí de un mes a otro cambia todo. Nosotros sólo conocemos el verde, pero aquí lo que fue verde luego es amarillo o gris", se dijo Luis Miguel.

Durante los primeros kilómetros había disfrutado de la nueva sensación de libertad. Una vez que su cuerpo se acostumbró a mantener el equilibrio sobre la moto, a girar o mantenerse en línea recta sobre ella, le fascinó ver cómo se transformaba su modo de procesar la velocidad. Ya no sentía pasar el paisaje desenfrenadamente por su lado, sino que lo veía acercarse lentamente, captando sus detalles, como si ambos flotaran en el espacio.

La posibilidad de experimentar ese dominio del cuerpo y de la máquina, la relación con todo lo que pasaba por su lado, le recordaron sus buenos ratos a caballo por la hacienda, sobre todo el momento en que, alejándose de la casa, le soltaba las riendas a la yegua alazana y la dejaba volar entre las guardarrayas. Por un instante volvió a sentir los rayos de sol sobre su cara y sus brazos, y el olor agridulce de los marañones maduros, y la línea blanca de la autopista desapareció mientras evocaba la vaporosa blancura de las copas de los árboles de piñón florido sembrados en los linderos de la hacienda.

Pero después de unas horas, se le hizo doloroso seguir pensando en la fragante campiña de su infancia, porque hacerlo sólo aumentaba su necesidad de calor para contrarrestar aquella frialdad que sentía en su interior.

No sabía si era la temperatura o la desolación lo que le causaba un frío tan intenso. En lugar de sentir que avanzaba, la autopista se le había convertido en un monstruo decidido a devorarle. Por más kilómetros que recorría, la cinta de asfalto seguía extendiéndose ante sus ojos, sin promesa de refugio.

Los camiones a los que adelantaba y los autos que lo dejaban atrás ya habían cesado de parecerle compañeros de ruta, y a medida que aumentaba el cansancio en sus brazos los veía cada vez más como insensibles bólidos de acero.

Extrañaba los bueyes mansos que tiraban de las pesadas carretas cargadas de caña, haciendo chirriar las enormes ruedas que se atascaban en los canarreos de tierra rojiza y arcillosa; a las vacas cebúes con sus grises gibas paciendo silenciosas, y a los rebaños de chivos de triscar inquieto. Pero sobre todo, añoraba el jolgorio de pájaros, aquellos trinos que su madre le había enseñado a distinguir, tocororos y bijiritas, jilgueros y sinsontes, trinos ocultos en la fronda en la que el verde no era un color sino toda una paleta de esmeralda y turquesa, verde vinagre y verde menta, verdes tiernos e intensos, casi negros algunos y otros casi azul.

¡Cuánto le entusiasmaba ser alumno universitario en La Habana! ¡Qué orgullo la primera vez que subió la alta escalinata coronada por la estatua del Alma Mater! Le enorgullecía su militancia en las filas del Directorio Estudiantil, y pasarse las noches discutiendo el pensamiento de Julio Antonio Mella, y el de Mariátegui, y siempre, siempre el de Martí.

Sin embargo, para él, a diferencia de casi todos sus amigos universitarios, Cuba no era La Habana, por más que amara el Malecón, transitara lentamente por el Paseo del Prado y animara sus pasos al caminar por La Rampa. Para él, Cuba era el campo, Las Delicias, la hacienda de su infancia; el olor del café recién colado en las mañanas, y la fragancia sutil de los azahares después de un aguacero; los murciélagos revoloteando a la hora del crepúsculo; el cacareo incesante de las gallinas anunciando a media mañana que habían dejando un tibio huevo sobre el nido; los hombres rústicos que amarraban el potro en un horcón para venir a invitarlo a una pelea de gallos.

También Cuba era cosas menos gratas que había visto de cerca: los chiquillos de vientres hinchados por los parásitos, mirándolo con ojos enormes desde la puerta de un bohío; las mujeres enjutas tratando de amamantar a críos tan faltos de fuerzas como ellas; los muertos enterrados a las orillas de los caminos porque nunca pudieron llegar al único hospital de la zona demasiado remoto e inaccesible. Eran también los hombres desesperados en el "tiempo muerto", aquella mitad del año en que no había molienda ni trabajo...

Cuba le exaltaba y le partía el corazón al mismo tiempo. Se enorgullecía de la sinceridad y generosidad del campesino que siempre tenía una taza de café que ofrecer a quien pasara, lo conociera o no, de su alegría a la hora de formar un guateque e inundar de música el batey del ingenio, de su modo de ser uno con su montura arreando una recua de vacas con toda precisión. Y le dolía la miseria de sus bohíos, la enfermedad y el analfabetismo de sus hijos.

Por eso, él y tantos otros jóvenes querían derrocar al tirano, al sargento Batista que se autoproclamó General y se creyó amo de Cuba, que entronizó a sus tropas para que sedujeran al pueblo con la esperanza del juego, distrayéndolo de su miseria con la promesa de un premio que jamás llegaría. Batista, que continuaba obligando a Cuba al monocultivo de la caña, cortada a golpe de mocha por jamaiquinos y haitianos cuyos barracones no eran muy diferentes de lo que habían sido los de sus antepasados durante la esclavitud, una esclavitud ahora disimulada de servidumbre, una caña que luego sería procesada en ingenios propiedad de los norteamericanos.

Estos pensamientos lo llevaron a recordar unos versos que le acompañaron por un rato:

> *Las viejas carretas rechinan, rechinan.*
> *Van hacia el ingenio de caña cercano*
> *van hacia el ingenio norteamericano.*
> *Y como quejándose*
> *cuando a él se aproximan*
> *las viejas carretas rechinan, rechinan.*

Y en aquella autopista remota, tan lejos de todo lo suyo, el zumbido del motor se convirtió en un lento chirriar de carretas.

Encontró nuevos bríos en el deseo de ver a sus hermanas. Fernanda, de pelo negro rizado, cuerpo atlético y espíritu vivaz, era la encarnación de lo que la imaginación popular definía como una "típica mujer cubana": cariñosa, alegre, vivaracha, franca, dispuesta siempre al canto y al baile. Pero realmente no había un "tipo de mujer cubana", sino múltiples mujeres: su madre tierna y callada, sumisa ante las órdenes de su padre, pero capaz de encontrar sus propios medios para defender a los suyos —como probaba esta moto devorando kilómetros de tierra inhóspita—, y la tía Eulalia, defensora de sus costumbres, de la hacienda, de un modo de vida, que le exigía estar en una clínica habanera librándose de las arrugas, porque sentía la elegancia como una obligación.

Luego pensó en Clara, tan distinta de todas, que veía con sus ojos, castaños unas veces, verdes otras, más allá de la realidad en la que todos vivían. Clara, que tendría que ayudarle a desenredar este lío, a aclarar la situación con su padre, a encontrar un medio de que pudiera regresar allí donde quería estar... Y claro, en secreto, existía también Aurora, que no cabía dentro de ningún adjetivo. Aurora que, aunque no se lo hubiera podido decir como planeaba hacerlo, tenía que saber lo que él sentía por ella, como se lo habían confesado sus cuerpos en aquella última noche tibia, antes de que el primo de su madre lo sacara a toda prisa de la pensión de estudiantes, sin que pudiera despedirse de ella...

No se atrevía a contradecir nuevamente la orden de su padre de no escribir a Cuba, de no contactar a sus amigos, para que no fueran a descubrir su paradero. Ya bastante orden había desafiado primero al escribirle a Aurora, y luego embarcándose en este viaje para ver a sus hermanas. Pero necesitaba verlas. Convencería a Clara para que le hiciese llegar una carta a Aurora. Escribiría a través de Clara a alguno de sus antiguos compañeros y ellos podrían encontrarla, darle un mensaje suyo.

Las monjas se habían negado a dejarle hablar con Clara por teléfono. Pero cuando se apareciera a las puertas del convento, tendrían que dejarle ver a sus hermanas.

En el bolsillo interior de la cazadora tenía una larga carta para Aurora. Era la que le habían devuelto desde Cuba. "DESTINATARIO DESCONOCIDO", decía el sobre que había tardado semanas en ir y regresar. La había colocado en un nuevo sobre en blanco, después de ponerla al día sobre sus ansias de recibir respuesta de ella y su dolor al tener la carta devuelta...

¿Qué pensaría Aurora de su desaparición repentina? ¿Creería que se había ido al Escambray? ¿Que andaba oculto? ¿Que lo habían capturado? ¿Lo imaginaría muerto quizá? ¿Sufriría?

¿Qué se siente al saber que alguien a quien amas ha muerto? ¿Alguien que esperabas que fuera parte de tu futuro? ¿Cómo se explica ese dolor? ¿Qué sentiría él si alguien le dijera que Aurora había muerto? Que aquellas manos expresivas, que iban punteando sus palabras, ya no se moverían más; que aquella cabellera castaña dejaría de reposar sobre los hombros, y ya no ondularía siguiendo el ritmo de los pasos ágiles; que los ojos permanecerían cerrados y él no podría mirarse en ellos tratando de descubrir los secretos que ocultaban; que su pecho ya no haría hincharse levemente la blusa azul, la que vestía el último día en que se vieron, en que se besaron lentamente bajo uno de los ficus de la universidad, antes de que lograra convencerla de que lo acompañara a su pensión, donde habían conocido tal júbilo...

Fue sólo una leve humedad en los ojos. No llegó nunca a formarse ninguna lágrima. Al parpadear para liberar sus ojos de la niebla líquida que había cubierto el paisaje gris, sacudió la cabeza, y separó apenas la mano derecha del manubrio. Apenas... mas lo suficiente para que el aire desplazado por el camión que lo adelantaba sorpresivamente le hiciera perder el equilibrio, perderlo apenas... pero bastante como para que la moto se desplazara fuera de la superficie lisa del pavimento, y rodara unos metros sobre la grava, donde ya no pudo controlarla...

Y en un instante el paisaje fue verde, y clamorearon gallos, y se oyó el batir de alas de las cotorras guayaberas, el canto penetrante del tocororo y los sinsontes imitaron a la vez todos los trinos, los de la bijirita y el jilguero, el pitirre y el canario del monte, y la fragancia penetrante de azucenas y gardenias, y el aroma delicado de mariposas y azahares se fundieron con el de los granos de café que se quemaban, se quemaban y ardían, en el tostadero.

Y Luis Miguel, que no conoció el dolor de perder a un ser querido, dejó en los que lo quisieron el de su muerte temprana, en una autopista estadounidense semidesierta, en un paisaje inhóspito; sin que ninguno de ellos pudiera saber a ciencia cierta por qué estaba allí.

XVIII. Irene

... límpidas almas cotidianas,
héroes no, fondo de historia,
sabed que os hablo y sueño,
sabed que os busco en medio de la noche...

"Elegía camagüeyana"
Nicolás Guillén, *Elegías* (1948)

—No sabes cuánto me alegro, Irene, de que podamos conversar de nuevo. No te imaginas cuánto tiempo hace que le daba vuelta a la necesidad de estas conversaciones. Pero nos habíamos distanciado tanto, cada una con una vida tan distinta a las de las demás, que nunca me animaba a iniciarlas. Sin embargo de pronto se convirtió en una auténtica urgencia.

"Para mí ser cubana no es fácil. Siento que arrastro por el mundo la constante necesidad de explicar a Cuba, que los demás me hacen responsable de tener una postura que quepa en dos palabras que ellos puedan comprender, que el menor intento de hablar de la historia, de los ideales que han inspirado a tanta gente en algún momento, o de alguno de los logros, me pone en la disyuntiva de tener que justificar cada momento de más de cuarenta años en que han pasado muchas cosas.

"Para mí ser cubana es a la vez una bendición y un dolor. Creo que no hay cubano que no haya sufrido a consecuencia de la Revolución: los que han mantenido a Cuba con inmensos sacrificios todos estos largos años, y los que vivimos la nostalgia, la dispersión de familiares y amigos, este vivir siempre alimentado por el pan ajeno, no importa cuán duramente ganado. Por otra parte, me enorgullezco de quienes somos como individuos, y de lo que los cubanos aportan culturalmente al mundo. Tanto como de haber sido capaces de levantarnos como país frente a la fuerza imperialista yanqui.

”No puedo decirte que saqué un saldo final para justificar los sacrificios del pueblo... no he podido verlo con tanta claridad. Y el sacrificio de todo un pueblo ha sido inmenso. Pero a la vez, no puedo darme el lujo de negar la importancia histórica de casi medio siglo de una relevante postura internacional que ha ayudado al surgimiento de ideales semejantes en otras partes. Pienso que Cuba le ha hecho un favor al Tercer Mundo, manteniendo una actitud que ha permitido a otros países ser menos extremistas. Y a la vez sé de tanto dolor...”

Victoria interrumpió el discurrir de sus palabras, para resumir su posición de constante cuestionamiento:

—En fin, como ves, no tengo nada claro. Y no quería yo darte mis ideas, porque te repito, vivo reformulándolas, nunca segura de qué nueva noticia tendré que conjugar de día en día. Quería más bien oírte, y ya sabes que quiero que hablemos de cómo procesamos aquellas muertes...

—Mientras cenábamos en tu última noche en Alicante, Victoria, te veía mirar a Felipe y casi escuchaba tus pensamientos. Mi hijo debe tener ahora la edad que tenía aquel chiquillo... Ya te expliqué que creo que me demoré tanto en tener hijos preocupada por nuestra culpabilidad. Y también te dije que me asustaba que alguien les dijera a mis hijos que su madre era una asesina. Nunca he dejado de lamentarme por haberles facilitado las armas a los chicos. Ya sé que fue idea de Fernanda y que nunca hubiera ocurrido si Clara no hubiese abierto la caja fuerte. Pero me consta que yo animé a aquel chiquillo Felipe, diciéndole lo orgullosa que iba a estar de su hazaña, y cuánto bien iba a hacerle él a la Patria. ¿Sabías que hicimos el amor?

—Lo ocultaste bastante bien... Yo creía que había estado con Fernanda.

—Bueno, lo que pasa es que Fernanda los arengó a los tres. No es que necesitaran convencimiento, pues estaban dispuestos a unirse a la guerrilla. Pero eran chicos de ciudad, y aunque habían repartido panfletos y esas cosas, ninguno sabía manejar un arma, y el campo los tenía un poco intimidados. Pero Fernanda les dijo que eran unos héroes, y les aseguró que sus nombres pasarían a los anales de la historia de Cuba. Creo que los tres se quedaron fascinados con ella... Aunque ella no fue más allá de su papel como inspiradora.

"Luego Antonio Eliseo desapareció. Beto trataba de robarle unos besos a Mercedes, diciéndole: "¿No hubieras besado a Maceo cuando se iba a la guerra?" A Felipe y a mí nos daba risa, porque Beto era tan pequeño, y Maceo había sido un gigante. Mientras él seguía tratando de convencerla, Felipe y yo volvimos a entrar a la casa y nos encerramos en uno de los cuartos del fondo. Me trató con dulzura... Como si hubiera atrapado al vuelo una mariposa.

"Creo que para él también fue la primera vez. Nunca llegamos a saber mucho el uno del otro, excepto que nos besamos hasta el último rincón de nuestros cuerpos. Todo nos parecía justificable, porque él sabía que iba a morir y lo sentía. Y yo le amé en ese momento como si fuera Martí y Agramonte, y amándolo me iba también con él a la guerrilla. Después de unas horas ya no hizo falta ni justificación, ni pensamiento. Los cuerpos se hicieron cargo de todo lo que pudiera pensarse o decirse."

—Por lo menos tienes un hermoso recuerdo y le hiciste un buen regalo a ese chico. Y el nombre de tu hijo no tiene por qué recordarte sólo la muerte de aquel chico, sino también su vida...

—Nunca me lo había planteado así. Tal vez por esa experiencia me fue luego tan difícil estar a gusto con Alberto, que nunca llegó a atraerme físicamente, quizá por su propia superioridad intelectual que lo llevaba a decir que todo lo sexual era una bajeza, y luego lo practicaba como tal. Lo cierto en todo esto es que ha habido tantas muertes trágicas, tanto sufrimiento ligado a esa revolución. Y todo, ¿para qué?

—Cuando me hablabas en Alicante de tu necesidad de probarte que el amor era posible, a pesar de tu fracaso con Alberto, me hacías pensar en que hay quienes necesitan saber que los ideales no estaban equivocados, aunque la puesta en práctica de los mismos fallara tantas veces.

—Bueno, ése ha sido el argumento constante de la Iglesia Católica, que exige que se siga creyendo en la Santa Madre a pesar de los pecados de los curas.

—Hace mucho que dejé de creer en las justificaciones de la Iglesia, aunque conozco a alguna gente excepcionalmente buena dentro de ella. Toda religión institucionalizada y que pretende tener el poder de la verdad absoluta, me produce horror. Fíjate cómo hemos iniciado este siglo XXI, matando inocentes a nombre de los fundamentalismos religiosos de uno y otro lado. Espanta pensar que en Estados Unidos, que debía ser un país de progreso y apertura, se haya elegido a un presidente como Bush, aunque sea por un pequeñísimo margen, basándose en lo que llaman "valores morales", que no son sino dictámenes religiosos.

"Porque uno de los más serios atropellos de las religiones es decidir qué es "lo moral". En este caso definen que terminar un embarazo es destruir una vida, pero asesinar a niños iraquíes no lo es. Quieren prohibir el uso de células madre de embriones que no han estado destinados a desarrollar, y en cambio bombardean ciudades y arrasan casas y familias en aras de defender su estilo de vida. El asesinato y la mentira no entran en su defensa de "valores morales", y hay millones de personas que siguen estas posturas ilógicas e indefendibles, porque se las ordena desde el púlpito alguien que les promete la vida eterna. Y aunque hay voces dispuestas a decir que el emperador ya no va desnudo sino cubierto de falsedades, se niegan a oír lo que no les llega desde el púlpito, o desde la demagogia en que les han enseñado a creer.

—No esperaba oírte hablar así y lo encuentro refrescante, viniendo de ti, que sigues viviendo en este país. Siempre creí que amabas a los Estados Unidos.

—Y es cierto que hay muchas cosas que amo de este país, pero son las que tienen poco que ver con sus actuales gobernantes. Amo sobre todo la naturaleza enorme, vasta, diversa, donde puede encontrarse casi cualquier paisaje. Y agradezco a quienes tuvieron la visión de preservarla, aunque cada vez se vea más amenazada.

Amo la multiplicidad de las gentes, amo saber que en ciudades como San Francisco, Nueva York, Los Ángeles, Boston o Chicago, se pueden encontrar personas de todas partes del mundo; y a la vez me encantan las zonas rurales que han sabido conservar un estilo de vida propio, diferente del resto del país. Admiro el espíritu de trabajo que echó adelante la nación, la convicción de que nada es imposible si se hace el esfuerzo necesario, y la posibilidad que proporciona una nación tan enorme de reinventar la vida una y otra vez.

"Pero si me preguntas quiénes son los estadounidenses con los que me identifico, te diré que son quienes abrazaron las utopías que todavía florecen en California, los que defienden a viva voz los derechos civiles, los que defienden la paz y combaten cualquier forma de discriminación y de opresión.

"Me gustaría decirte que son los indígenas norteamericanos tan avasallados en su propio país, los descendientes de los que fueron arrebatados de África y sobre cuyo esfuerzo se crearon fortunas ajenas, y siguen sin alcanzar condiciones de igualdad, porque el racismo está tan arraigado.

"Te diría que son los descendientes de los inmigrantes que han mantenido el recuerdo de sus raíces, y los nuestros. Pero sé demasiado bien que dentro de todos estos grupos hay quienes también han abrazado la opresión, el egoísmo y la violencia. Por eso mi selección no se basa en el origen de las personas, sino en lo que piensan, y sobre todo si sus acciones reflejan lo que dicen pensar."

—Bueno, en España el discurso parece ser más abierto, aunque a mí me preocuparán siempre la fuerza oculta de la Iglesia y la de la extrema derecha. A pesar de que para muchos la Iglesia no guarda más que un simbolismo social de bodas, bautizos y primeras comuniones yo no descartaría la necesidad de seguir muy atentamente sus movimientos, que tienen muchos siglos de dominio tras de sí.

—No te imaginas cuánto admiré siempre que fueras capaz de mantenerte al margen de nuestros fervores religiosos. Tuviste una capacidad sorprendente de asimilarte a nuestro mundo, pero sin hacer causa con tu disensión. En eso nunca cediste.

—Y eso que mucho más que la distancia social y económica, me resultaba difícil la distancia en aquello de las creencias. Lo vivíais con tal sinceridad y tal pureza, que yo no podía menos que admiraros. Pero las lecciones de mi padre habían resonado dentro de mí desde muy temprano. Él tenía una vieja copia de la "Carta al hombre de campo" de José Martí. De tanto haberla desdoblado y leído, sus pliegues eran ya heridas en el papel. Se la había aprendido casi de memoria, y después que me leía algún párrafo, me comentaba cómo él, siguiendo la sugerencia de Martí, me había llevado en brazos a los pocos días de nacida hasta la orilla del río, para darme mi nombre con los árboles como testigos, y no en una pila bautismal. Nunca me quedó duda de que la única catedral posible para mí era la que creaban las copas de los árboles.

—Pues eso es lo que admiraba y admiro. También yo nací en una familia de librepensadores, pero me dejé seducir por la Iglesia.

—Siempre me he preguntado cómo llegaste a ello.

—Al principio fue la poesía mística. Aquel "que muero porque no muero" me sobrecogía. El que se pudiera llegar a amar tanto hasta desear la muerte, era una invitación irresistible. Me oía clamando: "¿Adónde te escondiste, Amado, y me dejaste con gemido...?", y soñaba con el abandono en los campos de azucenas. Luego fue la música. ¿Te das cuenta qué poca oportunidad teníamos de escuchar otra música que no fuera la popular en la radio? En mi casa el tocadiscos se usaba para escuchar música bailable, y en la radio sólo había un programa de música clásica en las mañanas. O sea, que sólo el sábado lográbamos oírlo. Y yo entonces ni siquiera lo había descubierto...

"Pero en la iglesia de La Merced había un organista que practicaba muy temprano, y si me levantaba al amanecer podía entrar a oírlo un rato antes de ir al instituto. Y la serenidad de nuestras iglesias... ¡Qué refugio contra el calor y el bullicio de las calles! Poder escapar allí del humo de los ómnibus abarrotados, de la impaciencia de los cláxones, de los comentarios que lanzaban los hombres ante la exuberancia de mi cuerpo adolescente... Como las habían construido para servir de fortaleza en los ataques de piratas, el espesor insólito de los muros mantenía la frescura, aún en las horas de mayor calor. Además, en La Merced estaba el claustro, donde el agua resbalaba sobre la piedra verdinegra como en una fuente de Machado. Allí concebí el sueño de pasar la vida en un claustro callado."

—El sueño que ha hecho real Clara... Nunca lo hubiera pensado de ti. Has sido siempre tan vital, Victoria.

—¿Vital? Sí, pero también contemplativa... No te imaginas cómo me compenetro con Unamuno cuando habla de sus múltiples "yos ex-futuros", todos aquellos "yos" tan distintos que él hubiera podido ser... En mí ha vivido siempre una anacoreta...

—¿De veras?

—Sí, de veras. Me inspiraba la pureza de nuestro confesor, el padre Celestino, que irradiaba el fervor místico del claustro carmelita, y sobre todo la paz y la serenidad que vivíamos en los retiros de las Reparadoras.

—¿No serían sus dulces, verdad? Aquellos que me mandaron una vez las monjas a ver si me decidía a ir al próximo retiro, hubieran podido atraer a cualquiera a la vida conventual...

—Te sorprenderá saber que para mí, tan amante de la buena comida (y no puedo negar lo maravilloso de la cocina monjil) aquel era el único sitio donde no me apetecía comer, tan absorta estaba en la contemplación. La idea del sacrificio de Jesús, todo amor, me encendía, y sobre todo, esa madre abnegada me llenaba el espíritu. Eran versos ingenuos, pero cuando cantábamos:

Madre afligida
de pena hondo mar
lógradnos la gracia
de nunca pecar...

yo me sentía arropada bajo su manto, segura y protegida en un mar de compasión absoluta.

"Incluso hoy comprendo a quien se deja ganar por el amor a un dios, a una santa de absoluta compasión, en quien todo es comprensión y amor. Lo que no puedo entender es crear dioses a imagen humana, cargados de sus defectos. Un dios vengativo o que abandona a quien lo abandona, está más allá de mis posibilidades de imaginación. Como lo están también aquellos dioses excluyentes que sólo ofrecen salvación a unos cuantos.

”A decir verdad, hoy en día me parece inconcebible la idea de un dios que se preocupe por los pensamientos individuales de cada ser humano, aunque sí creo en la fuerza del pensamiento y en su efecto no sólo en cada uno de nosotros, sino en el conjunto del universo. Y no me hubiera sido difícil, creo, dedicarme a una vida de oración. Y eso fue en una época todo lo que deseaba...”

—¿Y qué te disuadió?

—Bueno, en algún momento casi lo logré… aunque eso es historia para otro momento, no es de lo que quería que habláramos.

—Sí, sigues obsesionada con el tema de Cuba. Yo entiendo bien lo que dices, ser cubano exige una definición constante. Pero me habías prometido hablarme también de ti.

—¿Y qué es lo que quieres saber?

—Dime primero qué pasó con ese misticismo que me revelabas con tanto sentimiento hace un momento, y luego dime: ¿sigues sola?, ¿se perfila alguien en tu horizonte?

—Creo que he llegado a un equilibrio entre mi espiritualidad y mi vida de acción. Que ya no se me presentan como un conflicto. Eso sí, cuando digo espiritualidad me refiero a algo muy amplio, que no acepta los límites de definición alguna, y que ciertamente no se basa en la esperanza de un premio ni el temor a un castigo, que existe sólo y verdaderamente en cada instante.

”Sigo sola. Y no, no hay nadie perfilándose en ninguna parte. Estoy en un periodo de pleno disfrute de la soledad. Me costó mucho aceptarla, pero ahora me doy cuenta de que es la primera vez que la vivo gustosa, en todo cuanto puede ofrecer, y que me ha proporcionado una profunda fuerza interior.

"La muerte de alguien a quien has amado intensamente deja heridas muy hondas... pero cuando te han amado bien, te queda también el poder mirarte cada día en el espejo, y ver reflejado junto a tu rostro el de quien ya no está, invitándote a sonreírle a la mañana."

Y ambas se refugiaron en el silencio, extasiadas ante la grandiosidad del crepúsculo que ese atardecer en Miami les ofrecía.

XIX. Victoria

Voy a medirme el amor
con una cinta de acero.
Una punta en la montaña:
la otra…¡Clávala en el viento!

"Tiempo".
Dulce María Loynaz, *Versos 1920-1938*

Era su último día en Miami. A manera de despedida, Victoria decidió dar un recorrido solitario por sus lugares más queridos. Caminó sin prisa a lo largo de Ocean Drive, deteniéndose a observar, bajo la luz rotunda de la mañana, cada fachada de los hoteles Art Deco que tan bien había conocido en sus vacaciones de infancia.

"¡Cómo cambiará esta tranquilidad esta noche!", pensó, porque sabía muy bien que con la puesta del sol, la acera se llenaría hasta hacer casi imposible dar un paso, los vestíbulos vacíos serían invadidos por los visitantes, y los clientes de los restaurantes se desbordarían en las mesas al aire libre. "Será otra ciudad totalmente diferente", pensó, mientras se detenía un instante frente a la fachada de la que había sido la casa de Gianni Versace, la única residencia particular en la larga hilera de hoteles. Y una vez más sintió el dolor de la violencia. ¡Qué fácil se troncha la vida de un ser humano! ¡Cuánto puede desaparecer en un instante…!

Quiso deshacerse de aquella nota de melancolía y cruzó la calle. Sólo un murete la separaba de la playa que se extiende por cientos de kilómetros, a lo largo de la Florida. Y no pudo resistir el llamado del agua. Se sacó los zapatos y corrió hacia la orilla. En ese momento volvió a tener sólo nueve o diez años. Por largo rato dejó que las olas le cubrieran los pies, las piernas, que le salpicaran la falda, a pesar del inútil intento de recogerla. Finalmente, regresó al hotel, satisfecha una vez más al comprobar que el mar siempre podría hacerla feliz.

Ordenó que le subieran una ensalada de frutas a la habitación y se dispuso a empacar. Mientras lo hacía, la sobresaltó el timbre del teléfono:

—Ya sé de qué habías querido hablarme en realidad, Victoria. Irene me ha llamado y me lo ha dicho.

—Prefiero haber podido estar un momento contigo, Aleida.

El silencio se alargó como una hora de marcha en el desierto... Al fin, volvió la voz.

—Gracias, Victoria. Pero no te llamo para hablar de ese momento, sino para decirte que puedo darte un par de nombres de personas que podrían ayudarte a conseguir la información que buscas.

—No sabes cuánto te lo agradezco. Te lo agradezco aún más porque sé que no apruebas este viaje.

—Nunca he entendido tu modo de pensar. Ni creo que ninguno de nuestros amigos entienda por qué vas a Cuba. Muchos te lo critican. Nadie de la gente que trato ha regresado jamás. Nadie quiere ver el desastre en que se ha convertido nuestra patria. Y mucho menos apoyar a Castro con sus dólares. Y bien sabes que con esos dólares de los viajes se mantienen. Nadie quiere condonar con su presencia...

Aleida enmudeció de repente, como arrepentida de sus palabras.

—Lo curioso es que a mí misma me sería difícil definirte qué es lo que verdaderamente pienso, Aleida. Te aseguro que es un torbellino de ideas y mucho dolor. Quizá podamos hablar de ello a mi regreso. Me gustaría. Me has llamado justo a tiempo. Mañana me voy a Albuquerque, tengo que resolver algo allí y he decidido posponer el viaje por un par de meses más. Te avisaré en qué fecha exacta salgo para allá... Me gustaría volver a verte.

Después de colgar el teléfono, Victoria se quedó pensativa. "Digo 'allá...'" porque no me atrevo a pronunciar el nombre del lugar donde se sigue sosteniendo mi existencia. ¿No podría decir 'Voy a Cuba'? ¿O me resulta tan difícil mencionar a Cuba como a Aleida hacer referencia a su operación? ¿Será que vivir fuera es como haberse sometido a una mastectomía radical? ¿Y volver? ¿Cómo me sentiré esta vez al volver?"

Ya había experimentado una vez la emoción del retorno. Pero ese viaje breve, catorce años atrás, le parecía más sueño que realidad. Había volado a la isla como integrante de un grupo de intelectuales. Fue una invitación súbita y no pudo pensárselo mucho. La aceptó más llena de miedo y ansiedades que de ilusión. Se sentía cohibida de compartir una experiencia tan íntima con un grupo de desconocidos. Aunque todos eran cubanos como ella, no conocía a ninguno. Y como cada uno de ellos parecía tan sumido en sus propios sentimientos conflictivos, prefirió ocultar los suyos.

En la isla encontró un sinfín de cosas nuevas y sorprendentes, comenzando por el vocabulario, enriquecido con términos que respondían a conceptos de una realidad distinta. Y se refugió en el deseo de aprender lo más posible, de ver todo lo desconocido. El poco tiempo libre que le dejaba un horario pletórico de actividades, lo dedicó mayormente a visitar a algunos ancianos, familiares lejanos a quienes ni siquiera conocía, pero que le habían pedido les llevara medicinas y artículos difíciles de conseguir.

Aquella corta estancia la dejó suspendida en el tiempo, como si la experiencia perteneciera a otra persona y no a ella misma.

XX. Mercedes. Aleida

> ...para hacer un dulce nido
> adonde más la convenga.
>
> Santa Teresa de Jesús, *Si el amor que me tenéis*

—¿Creías que íbamos a dejarte ir sin despedirte, Victoria?

La sonrisa de Aleida estaba llena de ternura. Y Victoria se sorprendió de cuánto había cambiado en un par de meses. Pero mayor aún era la transformación de Mercedes. No sólo había perdido peso, sino también años.

Interrumpieron un momento la conversación ante la llegada del camarero.

—Cuando vengo a Miami quiero probar todo lo que nunca como por otras partes —aclaró Victoria. Y añadió:

—No se sorprendan cuando vean lo que voy a ordenar.

Así que mientras Aleida pedía cangrejos moros enchilados y Mercedes una ensalada de peras con queso de cabra, Victoria ordenó arroz blanco, frijoles negros, plátanos maduros fritos y tamal en cazuela. Y cuando el camarero ya se marchaba le pidió:

—Pero primero tráiganos de aperitivo unas chicharritas y yuca frita con mojo.

—No saben cómo me alegro de poder verlas antes de irme.

—Te despedimos aquí porque no queríamos ir al aeropuerto. No sabes con quién puedes encontrarte —aclaró Aleida.

—Ya sabes que no está bien visto lo de ir a Cuba…

La frase de Mercedes quedó inconclusa, pero rica en implicaciones.

—Sí, ya me he dado cuenta que la gente que tanto grita a favor de la libertad no siempre sabe ser tolerante con los demás.

—Bueno, tú también eres muy firme en tus opiniones, Victoria… —el tono de Aleida era conciliador, pero dejaba entrever una nota de preocupación.

—Más que opiniones tengo preguntas, cuestionamientos, dudas. Y aun donde tengo opiniones también creo ver muchos matices. Al contrario de cierta demagogia que se ha manejado en los últimos tiempos, para mí ver matices no es algo negativo, ni es un índice de debilidad, sino más bien una actitud responsable.

—¿Ves cómo sí tienes opiniones? —se quejó Mercedes.

—Pues, sí, alguna tengo…, pero también respeto las de los demás. A mí no me verás haciendo proselitismo… En cambio, otros se sienten con derecho a imponerme sus opiniones.

—Pero ¿de qué hablas? En este país todo se resuelve democráticamente, según el voto de la mayoría.

—La democracia es algo más complejo que un cómputo de votos, el cual, además, muchas veces no nos incluye a todos… Una verdadera democracia requeriría menos manipulación, más autenticidad…

—Pues mira cómo está Cuba —la interrumpió Mercedes —. Allí por disentir te meten en la cárcel...

A pesar del cariño que motivó el encuentro, la conversación había tocado puntos sensibles del dolor que casi todo cubano lleva a flor de piel. Pero Victoria no quiso abandonar la conversación y añadió con tristeza:

—Aquí sólo te acusan de no ser patriota. Y lo más triste es que un gobierno que supuestamente defiende la democracia, es capaz de iniciar una guerra sustentada en datos falsos, y apoyarse en las buenas intenciones de muchos que no comprenden que no se puede liberar a otro pueblo derramando sangre inocente... Y, en cambio, no muestra el empeño necesario para eliminar la pobreza en su propio suelo.

—¡Ay, Victoria! Si parece que rechazamos las mismas atrocidades, sólo que tú crees que las cometen unos y nosotras creemos que las cometen los otros.

Y en el tono de Aleida volvía a primar el deseo de conciliar, de ganarse el asentimiento de Victoria.

—No solamente me preocupan las violaciones de los derechos humanos en otras tierras. En este país también hay mucha discriminación.

—¿La has sentido tú alguna vez, Victoria?

—Pues sin ir tan lejos: hay muchos que no pueden incluir a su pareja en su seguro médico, en su plan de seguridad social o en su testamento, con el mismo derecho a no pagar impuestos que si su pareja no fuera del mismo sexo... Muchos que no gozan del justo reconocimiento de la belleza de su amor, y que se pueda considerar que su legitimidad es menos...

—¿De veras lo sientes de esa manera?

—Sí, Mercedes, y deberías pensar en cómo esta

actitud de falsa moralidad va a afectar a tu hijo, en cómo le ha afectado ya por el modo en que lo ve tu marido.

—Me gustaría tener tu valentía... pero creo que te alegrarás cuando sepas lo que todavía no te hemos contado.

El tono de la conversación volvió cambiar, y Victoria se alegró de ello. A veces se le hacía tan difícil aceptar que algunas de las personas a las que más quería tuvieran formas de pensar tan diferentes a la de ella.

—¿Hay algo que contarme? Soy toda oídos...

—Me hizo mucho impacto tu visita. No te imaginas cuánto he llorado...

—No hubiera querido hacerte llorar, Mercedes.

—Al contrario. Lloré por días y días, pero cuando se me acabaron las lágrimas me di cuenta que no tenía razón para seguir llorando. Que, tal como me dijiste, tengo que mirar a mi hijo como una bendición. Hablé mucho con él. Y reflexionamos mucho sobre las circunstancias...

—Fue una suerte, Victoria, que me insistieras en que debía llamar a Mercedes. Porque las dos estábamos llegando a la misma decisión...

—O sea, que después de hablar y darle montones de vueltas al asunto, hemos tomado algunas decisiones muy firmes. Hemos pensado que podíamos irnos a vivir juntos los tres.

—¿Los tres?

—Sí, Victoria. Hemos pensado que podemos vivir juntos Mercedes, Eli y yo. Por lo menos hasta que Eli termine la universidad. Mis hijos están lejos, siguiendo sus estudios en otros estados. Y ya no hay razón para que yo siga dejando que Julio se lamente de haberse casado conmigo. Mercedes ha conseguido trabajo...

—¿De veras? ¿Han decidido apoyarse? ¿Y cómo ha reaccionado Enrique?

—Pues a decir verdad, primero me dio un gran escándalo, para ser consecuente con su papel..., pero luego se acostumbró a la idea. Ya sabes que se siente avergonzado de Eli, y hasta que no cambie de opinión, si es que llega a cambiar, se sentirá más a gusto si no lo ve.

—Pero, y a Eli, ¿cómo lo ha afectado esta decisión? ¿Se siente responsable de todo esto?

—Pues creo que le ha dolido algo tener que aceptar la verdad desnuda... pero él fue quien quiso la sinceridad en primer lugar. Y ver la aceptación total de Aleida, y la tuya, de la cual no se olvida, le ha servido de mucho. Pero creo que lo que más lo alegra es ver cómo me he liberado del yugo para comenzar a ponerme en pie.

—¿En qué estás trabajando?

—Pues en nada demasiado importante. Pero ya empecé a tomar unas clases de informática. No quiero abusar de la generosidad de Aleida. Eli va a pedir un préstamo para estudiantes universitarios..., y estamos descubriendo que hasta las limitaciones económicas pueden ser un buen reto cuando se trata de la liberación.

—No sé decirles sino que me dejan atónita... y encantada. Dos mujeres tan capaces no debieron jamás ser víctimas de nadie. Ninguna mujer debiera serlo. Espero que Eli les llene la casa de gente joven, y que descubran cuánta cosa interesante hay por hacer en el mundo. Pero, todavía me gustaría saber cómo han reaccionado tus hijos, Aleida.

—Hace mucho que mis hijos se sentían incómodos con la situación en la casa. Los dos han sufrido mucho cuando supieron que tenía cáncer..., y creo que ven mi salud como una prioridad. Y, si voy a ser sincera, creo que se sienten reconfortados al pensar que tengo a Mercedes como apoyo... Eso los libera de sentirse responsables. Y yo a mi vez me alegro. Son muy jóvenes y prefiero saber que son felices.

—¡Y pensar que en dos meses se haya producido tal cambio...!

—Todavía las dos tenemos bastantes cosas que resolver. Yo voy a pedirle a Enrique el divorcio, aunque todavía no lo he hecho... Aleida ha sido más tajante que yo en eso.

—Lo menos que puedo hacer es dejar a Julio en libertad total. Nunca debí haberme casado con él, sintiendo lo que sentía... Quise forzar mi naturaleza y sólo conseguí hacernos infelices a los dos.

—Es demasiado generosa con él. ¿No crees, Victoria?

—La generosidad nunca hace daño. A mí me duele que Julio haya sido cruel contigo, Aleida, pero me alegra que tengas la fortaleza de honrar tu verdad. Ningún amor puede ser mayor que el respeto a nosotros mismos... y sólo cuando sabemos quiénes somos y dónde estamos, podemos llegar adonde queremos ir...

—Quiero que sepas que no espero nada de ti, Victoria.

—Tienes todo el derecho a esperar mi amistad y mi cariño, porque los tendrás siempre. La misma amistad y el mismo cariño con el que puede contar Mercedes. Como el que se están ofreciendo ustedes una a la otra. Y quién sabe qué puede depararles el futuro a ustedes dos...

—¿No crees que a estas alturas de la vida ya no cabe soñar con futuros?

—Yo no los sueño, pero no me cierro a nada. Cuando hablaba con Irene le decía cuánto gozo me proporciona en estos momentos la soledad, porque encuentro en ella una fuerza extraordinaria..., y unos pocos días después me he encontrado con una hija y pronto tendré un nieto.

—¿Una hija?

—Se llama Emilia. En realidad es más hija de Clara que mía, pero me va a tocar cuidarla por un tiempo... ¡Fíjense qué contradicciones! Tú, Mercy, que querías un nieto... Y yo, que no me veo en el papel de abuela, y me ha tocado... Con lo fácil que me entendería yo con Eli y sus amigos...

—En fin, que cada día es una sorpresa.

—Y ésa es la maravilla de la vida.

XXI. Victoria

¡Aquí estamos!
La palabra nos viene húmeda de los bosques
y un sol enérgico
nos amanece entre las venas.

"Llegada"
Sóngoro cosongo; poemas mulatos, 1931. Nicolás Guillén

El vuelo a Cuba desde Miami no se parecía a ninguno de los tantos que tenía Victoria en su haber. Los que esperaban el pequeño avión *charter* eran todos cubanos, pero el momento en que habían salido de la isla, y cómo habían vivido en ella, eran dos situaciones que los separaban de quienes habían formado el mundo de Victoria.

Casi todos eran personas de edad avanzada. Viajaban cargados de bolsas llenas de medicinas para dejarles a sus familiares. Unas maletas transparentes mostraban claramente su contenido.

—Éstas no las pesan. Cada persona puede llevar una, aparte de los pocos kilos que nos dejan llevar. Y como es de lo que más falta hace...

Las conversaciones giraban en su totalidad acerca de la mejor forma de introducir en Cuba las cosas que llevaban. Y la solución preferida era hacer que forraran las maletas con tiras plásticas. Alguien había traído un marcador rojo que fue pasando de mano en mano.

—Póngale su nombre en letras bien grandes —se sugerían unos a otros.

—Y lleve listo algo de dinero para darle al funcionario de inmigración que le inspeccione el equipaje. Le va a preguntar a cuánto dinero equivale lo que lleva en artículos para regalos. Y le va a hacer pagar la mitad de lo que declare.

—A mí me hicieron pagar la misma cantidad que declaré.

—Se puso usted *salao*, compay. Casi siempre se conforman con la mitad. Eso sí, no diga que lleva demasiado poco..., pues entonces no se lo creen y le abren la maleta, de todas todas.

Como siempre, Victoria se sentía como un ser extraño entre aquella gente.

A diferencia de los demás pasajeros, a ella no había ido a despedirla nadie, lo cual la liberaba de una verdadera lluvia de encargos y recordatorios de última hora: "No te olvides de llamar a Tatico. Dile que su hermana se queja de que no le escribe"..."A ver si consigues que Pepo te dé los retratos de Martica. Que su abuela quiere ver una foto de su bisnieta..."..."No dejes de ir a ver a mi compadre. El viejo se siente muy solo desde que toda la familia se vino para Miami..."

Uno de los diálogos que escuchó la hizo sonreír:

—A ver si me consigues un gajito de la mata de "palo vencedor" del patio de mi tía. Esa mata sí que tiene fuerza, mi viejo. Te concede todo lo que le pidas.

—Pues a ver si alguien le pide que cambie la situación allá.

—Bueno, hombre, uno tiene que saber qué es lo que pide si lo quiere conseguir.

Pero, aunque cada expresión de esperanza la enternecía, Victoria se sentía hasta físicamente distinta. Sin ser tan esbelta como Irene, sin tener las piernas largas de Aleida ni el porte señorial de Mercedes, le parecía ser más alta y de piel más clara que quienes la rodeaban. Sabía que se movía con otra libertad y con otro ritmo. "¿Es que son ellos más cubanos que yo?", se preguntó.

Esta pregunta se la repetiría muchas veces en los días que siguieron. A la pronunciación cuidadosa que le habían exigido en casa para diferenciarla de los que no tenían sus privilegios, se unía ahora el haber perdido la línea melódica del habla cubana. Dondequiera que iba, nadie podía reconocer que era cubana.

Una vez que dejó el aeropuerto y vació el contenido de las maletas en el closet del hotel se fue a caminar por la ciudad. Todo le producía admiración y se le agolpaban un sinfín de sentimientos en el alma.

La historia, tanta historia de momentos distintos, le salía al encuentro a cada paso. En la Plaza de Armas miró con cariño la pequeña ceiba que reemplazaba a la centenaria original, a cuya sombra celebraran los colonizadores la misa fundacional de La Habana. Su meditación evocadora de lo que pudieron haber sentido aquellos hombres que cruzaron el Atlántico sin saber adónde llegarían, quienes luego fundaron bajo la sombra de aquel árbol desconocido y majestuoso una villa que llegaría a ser conocida en todo el mundo, fue interrumpida por un grupo de músicos que la rodearon tocando un son. Tan pronto les dio una propina, la guitarra y las maracas se silenciaron, mientras los soneros corrían en busca de un nuevo visitante a quien dar una bienvenida de apenas un par de compases.

"¡Cuánta necesidad!", pensó, pero enseguida se distrajo mirando los libros viejos que vendían en puestos improvisados y dispersos por toda la plaza. Había tanto título conocido, tantos jirones de su propia historia familiar guardados entre aquellas tapas raídas. Uno de los libreros se especializaba en metafísica. "Parece que estoy en la biblioteca de mis abuelos", se dijo, al ver los tomos de Allan Kardec, de Camilo Flammarion, y algún que otro volumen de masonería.

El Museo de la Ciudad de La Habana la atrajo enseguida. Recordaba la emoción que había sentido allí durante de su breve viaje en los años 80, y también la frustración de no haberse podido detener como hubiera querido en aquellas salas donde se encerraba tanto de su historia. Ahora quería permitirse el placer de pasar horas y horas entre las reliquias de la lucha independentista, las fotos de los verdaderos héroes, y los muebles y adornos de aquella época que se le antojaba más suya y verdadera que cualquiera de las que le había tocado vivir. "¿Será que lo que me pasa es que hay muchos cubanos para quienes Cuba es algo del pasado, pero su Cuba es de los años cincuenta y la mía es de un siglo atrás?" Y esa fue de las muchas preguntas sin respuesta que se formularía.

Cuando salió del museo, con un sentimiento de admiración y gratitud para el historiador de la ciudad, les dio las gracias a los empleados de la puerta. Ellos le preguntaron de dónde era y cuando les respondió que era cubana, no quisieron creerla. Una vez más oyó que le decían: "Pero usted no habla como cubana…"

"Nadie me reconoce como cubana. Ni aquí ni allá." Al pensarlo se dio cuenta que el "allá" había cambiado, no sólo con relación a la realidad geográfica donde se encontraba, sino también con respecto a la profunda realidad emocional que empezaba a apoderarse de ella.

Respiró hondo, cargándose los pulmones, y sintió que en todo otro lugar había estado respirando aire ajeno. Y se llenó los ojos de imágenes en las que se agolpaban las nunca antes vistas, demasiadas para asimilarlas en tan poco tiempo, pero bajo las cuales rastreaba las huellas de lo tan querido y nunca olvidado.

El viaje se le antojaba la lectura de un palimpsesto en el cual se superponían cuatro textos. El más antiguo recogía sus recuerdos de infancia, de la niñez en la que no hacía más que observar y retener todo lo que veía, para luego rumiarlo, en su constante esfuerzo por entenderlo todo. Luego venían los recuerdos de adolescencia, del periodo justamente anterior a haberse ido como estudiante, en el que sin poder saberlo había intuido una partida definitiva, y había caminado las calles observando cada rincón, como si lo fotografiara, para llevárselo dentro.

Luego estaban los recuerdos de aquel breve retorno, cuando la profundidad de las emociones era tanta que, al no poder asumirlas, las bloqueó y se dejó llevar de descubrimiento en descubrimiento, viéndolo casi todo desde el exterior, como si fuera una extraña que observara una película. En aquella ocasión, temerosa de que se le escaparan claves, de no llegar a comprender todo lo que veía, influida por las advertencias que le habían hecho algunos exiliados de que no la dejarían viajar sola, que la vigilarían, que sólo le enseñarían algunas cosas y le negarían el acceso a otras, se había concentrado en tratar de ver, escuchar y aprender tanta realidad nueva.

"Quizá", pensaba ahora, "también me protegía a mí misma. No quería volver a sentir cariño por todo esto, para no sufrir nuevamente el desgarrón de la pérdida."

Esta vez estaba dispuesta a abrir no sólo los sentidos, sino también el corazón. "Como Antonio Machado", pensaba. "Mejor sentir el dolor de la espina clavada en el corazón, que dejar de sentir el corazón."

Y su mirada se encontraba con que al palimpsesto se le añadía un texto nuevo, de algún modo más semejante al que ella conociera hasta los cincuenta, y al entrevistado en los ochenta. Al desaparecer la ayuda de Europa del Este, Cuba había vuelto a depender del turismo, y el discurso idealista de los ochenta había cedido paso al de la supervivencia en la secuela del periodo especial. Todo lo que veía eran agudos contrastes, tan severos como el que creaban el sol tropical y la sombra de los enormes edificios coloniales.

La Habana parecía caerse a pedazos, comida por el salitre, la humedad y la carencia de cemento y pintura. Y a la vez se habían reconstruido edificios y zonas enteras que ella conoció totalmente decrépitos durante su juventud. La gente pasaba hambre y, a pesar de ello, mantenía una increíble alegría, un sentido del humor y de la solidaridad. Se carecía de cosas elementales y sin embargo la educación seguía siendo superior. Aunque en algunas clínicas los doctores y enfermeras se esforzaban en atender a enfermos careciendo de lo más elemental, Cuba seguía haciendo progresos notables en el campo de la medicina, y un gran número de pacientes provenientes de países hispanoamericanos iba a recibir tratamientos y someterse a trasplantes de acceso prácticamente imposible en países más grandes y más ricos.

Pero Victoria no venía buscando claridades absolutas. Sabía que no las encontraría, y que ningún razonamiento podría opacar jamás la pobreza que veía. Que la gente sacara fuerzas de donde no debía poder haberlas ya para seguir viviendo, creando y hasta riendo, era de una heroicidad superior a lo imaginable. Y ella sólo podía mirar a cada persona con admiración.

El pasado —sus múltiples pasados— le salía al encuentro a cada instante. Se fue un rato a pasear por el malecón. Al recuerdo infantil de cuando caminaba por allí de la mano de su tía, y comían granizado en cucuruchos de papel llenos de hielo raspado, coloreados con siropes de tonos brillantes, se sumó el de una tarde de su adolescencia. Había ido con una amiga a ver la universidad, adonde esperaban entrar al año siguiente, y terminaron paseando por el malecón, pero no por la acera, sino caminando sobre el muro, haciendo alarde de independencia, dejándose piropear y hasta seguir un rato por un par de marineritos norteamericanos, que se les antojaban réplicas imberbes de Popeye, con sus estrechos pantalones blancos de bajos acampanados. Pero a ambas reminiscencias de infancia y adolescencia se le impuso otra imagen más cercana en el tiempo, tan entrañable como las anteriores.

Aunque en aquel breve viaje de los años ochenta se había mantenido bastante alejada de todos, una noche, un colega, profesor de una universidad prestigiosa de Nueva Inglaterra, le pidió que lo acompañara a dar una vuelta. Era una invitación sencilla, pero ella la sintió llena de contenido. Después de unos minutos de caminar por el malecón, él le pidió que la dejara besarla.

En esa época ella vivía sola. Había terminado hacía muy poco tiempo una relación breve con otra mujer. Aunque la relación había sido profunda y satisfactoria, las condiciones no lo eran. Su amante danesa se vio obligada a volver a su país, porque era hija única y sus padres ya mayores la necesitaban. Victoria no se imaginaba a sí misma viviendo en Dinamarca. Había disfrutado una visita fugaz, pero pensó que vivir allí aumentaría aún más su sentimiento de desarraigo, y que no podría soportarlo. Se despidieron con cariño, creyendo en ese momento que tenían todavía posibilidades de futuro. Pero su amante encontró a una antigua compañera y terminó formando con ella una pareja.

Victoria todavía no había tenido la revelación del encuentro con Sebastián. Ese amor le probaría lo que desde siempre había intuido. Algunas de sus amigas lesbianas habían manifestado su predilección por otras mujeres desde la infancia, y jamás querrían una relación con un hombre. Por otra parte, algunas de sus amigas heterosexuales, sin tener sentimientos de homofobia jamás se habían sentido atraídas por otra mujer.

Tenía incluso dos amigos que habían hecho el mayor de los esfuerzos para evidenciar en su cuerpo una identificación que sentían con tal profundidad que no les era posible dejar de manifestarla corporalmente. Uno, nacido en cuerpo de mujer, se había sometido a varias operaciones y tratamientos para adquirir un cuerpo de hombre. Otra, había emprendido el camino inverso, para cambiar un cuerpo de hombre por uno que expresara su exquisita feminidad, una feminidad que superaba a la de la mayor parte de las mujeres que conocía.

Pero a Victoria le parecía que la mayoría de las personas se insertan no en los extremos, sino en la amplia zona existente entre los dos, y que muchas pueden sentir atracción hacia uno u otro sexo en distintos momentos, e incluso que tales atracciones pueden variar en las distintas épocas de la vida. Para ella, al menos, encontrar a Sebastián significó que era capaz de amar con pasión tanto a una mujer como a un hombre. Que era la persona en sí misma, en su ser y en su esencia, y no el que fuera hombre o mujer, lo que le importaba. Aunque no había dejado de decirse: "Quizá también en esto soy diferente y vivo una historia única".

Aquella noche en el malecón, el colega le explicaba:

—He sentido toda la vida un vacío enorme. En mi adolescencia siempre soñé que alguna vez, en una noche tropical traería a mi novia al malecón, y que nos besaríamos bajo la luna. Sueño de adolescente, pero todas mis nostalgias de Cuba se me centran en esta imagen. Tuve un par de novias, y te aseguro que quiero mucho a mi mujer, pero jamás he besado a una cubana.

Victoria se conmovió ante la sincera ingenuidad del pedido, pero no pudo sino reírse.

—Es una fantasía compartida… —le confesó—. Tampoco yo he besado nunca a un cubano en el malecón…

Y se besaron por horas y horas, mientras las olas del Caribe se deshacían en espuma contra el viejo muro, queriendo rescatar con aquel gesto, aquel beso apasionado sin asidero en la realidad, tanta realidad perdida.

De repente, se apartó de aquel caleidoscopio de recuerdos. Quería, sobre todo, completar el objetivo de su viaje: averiguar algo más acerca de aquellos tres jóvenes que se habían convertido en un símbolo tan poderoso en su vida, esos jóvenes de los que no mencionó nada en aquel viaje anterior, porque no hubiera sabido qué decir, avergonzada de aquel episodio juvenil.

Pero no tenía la menor idea de cómo hallar alguna información, de averiguar algo más acerca de quiénes eran, de cuál había sido su breve existencia. A pesar de que no le venía a la mente la forma en que podría hacerlo, se le ocurrió empezar sus pesquisas con la búsqueda de aquel número de la revista *Bohemia* en que aparecía la fotografía de los jóvenes asesinados, para ver si la imagen podía guiarla en el camino hacia alguna pista.

La comprensión de aquel momento y de sus protagonistas se le hacía imprescindible, como si desentrañar algo de la historia de éstos pudiera ayudarla a comprender mejor la suya propia.

XXII. Consuelo

... al ruiseñor en la flor

abre la muralla.

"La muralla"

Nicolás Guillén, *La paloma de vuelo popular* (1948)

Al entrar a la Biblioteca Nacional, a Victoria la sorprendió sobremanera que las paredes interiores del majestuoso edificio estuvieran recubiertas de arriba abajo de una caligrafía menuda y no pudo sino acercarse para ver lo que estaba escrito en distintos colores sobre el mármol. Después de leer por un rato, le pareció que todo aquel inmenso poema en prosa era algo creado directamente sobre los muros, un fluir del inconsciente que sin tener un tema definido se iba hilvanando en forma extraordinaria, del mismo modo que los colores usados para escribirlo sin seguir un diseño preciso creaban una armonía.

Se llenó de admiración por el director de una biblioteca capaz de permitir este tipo de instalación abstracta, sobre lo que otros mirarían como muros venerables. La fuerza de la expresión artística la llenó de esperanza.

—Dígame en qué puedo servirla.

—Quisiera ver un ejemplar de la revista *Bohemia* —dijo Victoria—. De 1959 —añadió tímidamente.

—Por favor, suba al segundo piso. Y diríjase a la sala de referencias. Allí podrán ayudarla.

Victoria subió lentamente, disfrutando de la sensación de reencuentro.

Había visitado la Biblioteca Nacional en aquel viaje de los años ochenta. Pero lo hizo como parte de un grupo, tratando de rescatar sus sentimientos de entre los muchos que los demás expresaban. Ahora, sola, se tomó el tiempo para saborear cada detalle. Si hubiera vivido en Cuba, ¡cuántas veces habría venido aquí! Y le embargaban la alegría de cada paso sobre el suelo de mármol y la nostalgia por aquella vida pasada que pudo tener y que nunca fue.

La bibliotecaria de la sala de referencias tenía una mirada franca y una sonrisa abierta.

—¿Cómo puedo ayudarla?

—Quisiera consultar un ejemplar de la revista *Bohemia*, del año 1959.

—¿Sabe la fecha?

A Victoria le resultó motivo de sorpresa la naturalidad con que la bibliotecaria había recibido su pedido. Al cabo de tantos años de considerar todo lo que tuviera que ver con Cuba como algo difícil y hasta inaccesible desde la distancia, percibió que, una vez en la isla, aquello era parte de una cotidianidad a la cual no lograba integrarse.

—No la sé con exactitud —contestó—, pero debe ser un número que salió poco después de esta fecha.

Y le entregó una ficha en la que había anotado la fecha del día en que se habían despedido de los chicos, la misma en que cada año las amigas se enviaban mutuamente la acostumbrada tarjeta.

—Entonces no hay problema. Tenemos la colección completa de la revista. Tardará unos minutos. ¿Por qué no pasa a la sala de lectura? Allí podrá ver algunas de nuestras publicaciones más recientes.

¡Qué difícil se le hizo a Victoria esperar sentada! No pudo prestarle atención a las publicaciones, que en otras circunstancias le hubieran interesado sobremanera. Por fin iba a lograr lo que no había tenido ocasión o valor de intentar en su visita de años atrás. Iba a tener en las manos aquella fotografía que no lograba borrarse de la mente. Vería nuevamente aquellos cuerpos, amontonados unos sobre otros. Vería de nuevo la chaqueta de Clara, la que había sido de Luis, en la espalda del que había caído encima de los demás. Pero sobre todo, iba a leer la nota que la acompañaba. Porque si bien tenía tan clara la imagen de la foto borrosa, no recordaba la totalidad del texto, salvo lo referente a la procedencia de las armas que llevaban los chicos. Quizá podría encontrar alguna clave que años atrás le pasara inadvertida.

Una vez más, Victoria tuvo que acordarse de que debía respirar, lento y hondo. No era la primera vez que se le interrumpía la respiración en aquel viaje... que se quedaba en vilo... como para estar en armonía con el suspenso que se produjo en su vida al interrumpirse el curso natural de la existencia, cuando la enviaron al Norte, sin poder despedirse de lo que quedaba atrás, sin tener la alternativa de negarse a partir: ¿hubiera sido en verdad capaz de hacerlo? ¿Qué habría sido de ella de haberse quedado? ¿Habría sabido sobrevivir, amoldarse, encontrar un espacio? ¿O habría quedado marginada por inconformista? ¿O hasta habría ido a prisión por disentir?

Lo cierto es que durante años se acostumbró, al igual que otros exiliados, a hablar de Cuba en pasado. En el discurso de quienes vivían en el exilio, sólo la política de la Cuba presente era parte de la realidad. Y se hablaba en pasado hasta del paisaje, del azul del cielo y de la claridad de las aguas: "Varadero tenía unas arenas tan blancas...", como si ya no las siguiera teniendo... "Había tantos framboyanes en los campos de Cuba...", como si ya no existieran... "¡Qué dulces eran los mangos de Cuba...!", como si ya no lo fueran.

Sintió que era cosa natural la reducción de los espacios que tuvo ante sí. Las dimensiones son siempre relativas. Los que rivalizaban en altura y grandeza con otros edificios de los años cincuenta, ahora se habían empequeñecido frente a los de los noventa. Pero lo extraordinario para Victoria era que la gente seguía viviendo, caminando por la calle, sentándose en los bancos de los parques, hablando, sonriendo. Ver a una pareja de jóvenes cogidos de la mano, a un grupo de chiquillos saliendo de una escuela, o a una madre con un niño en brazos, la conmovió de una manera difícil de explicar. Era como si en medio de una película, los actores y actrices salieran de la pantalla y empezaran a caminar por los pasillos, a comer un chocolate, a salir por la puerta hacia la calle.

"Tantos años de hablar de este país como si estuviera congelado en el tiempo, y aquí la vida había seguido su curso. Hemos ido envejeciendo fuera, con el deseo de poder volver, pero no en un retorno físico, en el espacio, sino en una vuelta temporal, hacia el pasado. Hemos detenido a Cuba en el tiempo, y eso no puede lograrse ni aquí, donde el ingenio criollo ha mantenido rodando los coches de entonces", pensó, mientras recordaba los autos de los años cincuenta que había visto circular por la calle, camino de la biblioteca: lujosos Buicks, Cadillacs alargados que en su momento se conocían como "cola de pato", y los entonces más modestos Chevrolets, Dodges, Fords, de carrocería reluciente y un brillo mantenido a base de enchapados múltiples y pulido con papel de lija antes de aplicar cada nueva capa de pintura reluciente.

"¿Y qué hacemos los que hemos detenido el reloj interno en una época necesariamente inexistente? Una postura, por supuesto, ha sido la de no regresar, la de no querer aceptar que la vida ha seguido, y con esa negación total, seguir aferrados al recuerdo de lo que fue, tratando de recrearlo en unos cuantos restaurantes, en algún festival, en una cena navideña...". Y una vez más Victoria sintió que ser cubano era difícil de explicarse, incluso a uno mismo.

La sobresaltó la voz de la bibliotecaria que regresaba con tres ejemplares de *Bohemia*.

—Ésta apareció el mismo día de la fecha que usted anotó —dijo, alargándole uno.

Como vio a Victoria hacer un movimiento de negación con la cabeza, lo puso de lado.

—Éstas son de las dos semanas siguientes.

Victoria clavó la mirada en las revistas, sin atreverse a tocarlas.

—¿Puedo ayudarla a encontrar lo que busca? ¿Se trata de un artículo en particular? Y la bibliotecaria se dispuso a abrir una de las revistas.

Victoria no podía creer que estuviera diciendo:

—Si es usted tan amable... Estoy buscando la foto de unos chicos que amanecieron muertos en Oriente... en una carretera...

"¿Por qué hago esto?", se preguntaba al mismo tiempo que hablaba. "Esto es algo tan nuestro... aquí

debiera estar alguna otra de nosotras: Irene, o Fernanda...
era obvio que Clara no podía y hubiera temido un ataque
de histeria por parte de Mercedes o de llanto por parte
de Aleida", se dijo. Pero lo cierto es que ninguna estaba...
y ella, que por regla general prefería la soledad, ahora se
alegraba de la presencia de aquella mujer amable.

"Es mi reverso, la otra cara de mi moneda. Debemos ser casi de la misma edad... somos de la misma estatura, tenemos el mismo tipo, nos movemos con facilidad
entre libros, sólo que ella ha vivido aquí... y yo no. Por
eso le agradezco la presencia. Es como si me ayudara a
ser yo misma", pensó Victoria.

Las dos hojearon las revistas por un rato.

Victoria pasaba las páginas una por una… y aquellas fotos sepia, de pobre definición, le iban devolviendo
todo un trozo de su vida, quizá el eje mismo de su vida
toda.

Esperábamos *Bohemia* con ansiedad, como si cada
número pudiera traernos una noticia que, sin poder
imaginar cuál sería, lo cambiaría todo… ¡Cómo la leía-
mos! Y decía tanto de quiénes éramos. Yo buscaba las
noticias internacionales, quería entender ese mundo desconocido más allá de nuestras costas que me fascinaba;
Fernanda y Clara lo primero que leían era la sección
"¡Arriba, corazones!", a la cual escribían todo tipo de personas desposeídas, solicitando ayuda: una silla de ruedas,
un par de muletas, dinero para una operación urgente,
alimentos para una familia de huérfanos… Mientras
Clara nos urgía a lo largo de la semana a que rezáramos
por ellos, Fernanda nos conminaba a que enviáramos un

giro postal. El padre de ellas se negaba a contribuir, insistiendo que ninguna de aquellas historias desgarradoras era verdad, sino maquinaciones de la revista, para desacreditar a la sociedad cubana, y se indignaba de que una revista publicara aquellas atrocidades, como si no hubiera bastantes mendigos por las calles, que nada podía ocultar de nuestra vista. Y Fernanda, incapaz de convencer a su padre de que ayudara a aquellos necesitados con historias desgarradoras, reclamaba que las amigas lo hicieran.

Aleida prefería leer la revista *Vanidades* y siempre sabía lo que estaba de moda y todo tipo de chisme de los artistas.

Irene se lo leía todo, con aquella necesidad suya de asimilar, de no quedarse fuera de nada...

—¿Será esto? —la voz de la bibliotecaria temblaba un poco mientras señalaba una foto.

"¿Es la pena por ver esas vidas tronchadas lo que oigo en su voz? ", se preguntó Victoria, al tiempo que se volvía a mirar. Y parpadeó varias veces.

Sí, allí estaba la foto que llevaba indeleblemente dentro de sí por tantos años...

La bibliotecaria retrocedió, respetando aquella muda emoción de Victoria que, aún sin manifestación externa, podía palparse en el ambiente.

Después de unos momentos, viendo que Victoria no hacía movimiento alguno le ofreció:

—Si lo desea puedo hacerle una copia de esta página. No tardaré.

Y salió con la revista.

Cuando regresó, Victoria seguía inmóvil.

—Discúlpeme, pero al hacer la copia no pude evitar leer la nota que acompaña la foto. ¿Conoce usted a alguno de estos jóvenes? —le preguntó a Victoria. Y ella comprendió que no era una pregunta motivada por simple curiosidad.

—Me temo que sí.

—Aquí no dan nombres... excepto para decir que las armas que llevaban pertenecían a un tal Luis Miguel Sepúlveda, de Camagüey.

—Así es.

—No quiero ser indiscreta, pero tengo una amiga que conocía, por esa época, a un joven universitario con ese nombre, que también era camagüeyano.

No había podido disimular el tono de dolor. Victoria se quedó mirándola un instante.

—Ninguno de los de la foto es Luis Miguel.

—Entonces, ¿usted lo conoce...?

—Sí, era el hermano de unas amigas mías.

—¿Era? ¿Quiere decir que ya no vive...?

Victoria se calló por un momento. Aún tantos años después era una verdad dolorosa...

—Perdone mi indiscreción, pero es que a mi amiga le gustaría saber...

—Desgraciadamente murió ese mismo año... Y no se preocupe, ha sido usted muy amable.

—Consuelo. Me llamo Consuelo Vargas.

—Yo soy Victoria Méndez. Y no tengo inconveniente en hablarle de Luis Miguel.

Consuelo la miró con los ojos húmedos.

—Se lo agradezco, sólo que sería mucho mejor si pudiera contárselo a mi amiga. Era ella la que lo conocía... De la universidad, ¿sabe? Bueno, creo que ya se lo he dicho... Ella también es bibliotecaria, pero trabaja en otra dependencia.

No hubiera podido determinarse cuál de las dos se sentía más nerviosa.

Por fin Consuelo, levantando los hombros e irguiendo la cabeza, como quien acaba de tomar una firme determinación le dijo:

—Victoria, me gustaría invitarla a mi casa. Es un lugar sencillo, pero allí podrían hablar ustedes con toda calma. ¿Se va usted muy pronto?

"No sé cómo se dan cuenta de que no vivo aquí...", fue lo primero que pensó Victoria, con el dolor aquel de sentirse ajena. Pero se limitó a contestar con sencillez:

—Acabo de llegar, hace un par de días. Y espero quedarme tres semanas. Será la estancia más larga que haya pasado en Cuba en mucho tiempo... Y le agradezco muchísimo la invitación. Me gustaría hablar con su amiga. ¿Cuándo le parece bien?

— ¿Qué tal mañana a las siete?... Salimos del trabajo a las cinco, pero ya sabe que la cuestión del transporte no es fácil...

—¡Sí, claro! A las siete, con mucho gusto...

—Esta es la dirección. —y Consuelo le entregó un trozo de papel en que acababa de escribírsela—. Voy a devolver las revistas. ¡Hasta mañana, entonces!

—¡Hasta mañana, y muchas gracias, Consuelo!

Mientras bajaba las escaleras, lentamente, reteniendo con fuerza junto a sí la copia de la página de *Bohemia*, Victoria se dijo: "No sabía qué iba a encontrarme aquí, pero jamás me hubiera imaginado que hallaría a una amiga de Luis…".

Reconstruyó mentalmente la conversación con Consuelo, y aunque le pareció demasiado formal, no pudo impedir que la invadiera el sentimiento de haber encontrado en Consuelo a una aliada insospechada.

XXIII. Aurora

> ...porque si es dulce el amor
> no lo es la esperanza larga.
>
> Santa Teresa de Jesús, *Vivo sin vivir en mí*

Encontró fácilmente la dirección del Vedado que Consuelo le proporcionó. Como después del comentario de Consuelo acerca de los problemas del transporte le daba vergüenza llegar en un auto de alquiler, le pidió al taxista que la dejara en la esquina siguiente, y regresó caminando lentamente, porque tampoco quería llegar demasiado temprano.

Apenas había llegado al final de la alta escalera, cuando Consuelo abrió la puerta. Victoria comprendió que debió haber estado esperándola en el balcón, y que posiblemente la habría visto pasar en el taxi. "Es tonto que me empeñe en creer que no hay diferencias, cuando cada aspecto de la vida me lo recuerda, cuando los contrastes en nuestras vidas son reales, aunque no lo sean en nuestra esencia", pensó, casi en voz alta.

Al entrar a la sala del pequeño apartamento, no supo si había llegado a una casa particular o a una galería de arte. Las antigüedades y los lienzos contemporáneos se disputaban cada pulgada de las paredes. Un vitral de medio punto, procedente de algún dintel colonial, ocupaba gran parte de una pared, compartiendo el espacio con un par de columnas de madera tallada, rescatadas de algún altar; cajas de cristal con todo tipo de curiosidades; grabados que eran, unos, páginas de libros decimonónicos enmarcados; otros, audaces creaciones contemporáneas; y, por supuesto, numerosos libros, en estantes hechos con tablas sostenidas por un par de ladrillos en cada extremo, además de varios canastos llenos de revistas. "Sólo en Cuba podría tener un sabor armónico este abigarramiento", pensó Victoria, para luego decir:

—¡Qué sitio tan encantador! No sabía que había llegado a la cueva de Alí Babá…

Y puso en las manos de Consuelo las dos botellas de vino y el paquete con una caja de galletas, queso y un frasco de aceitunas. Sabiendo lo difícil que es en Cuba tener algo que ofrecer, no había querido llegar con las manos vacías.

—Me alegro de que te guste. No me deja mucho espacio, pero cada una de estas cosas merecía un hogar, y son mi mejor compañía.

En ese momento, una mujer entró desde el balcón. Vestía de blanco, y su abundante cabellera castaña, a la que algunas canas le daban un cierto brillo, le caía hasta los hombros.

—Victoria, te presento a mi amiga Aurora.

—Aurora, esta es Victoria Méndez.

Las dos se sonrieron en silencio. Y Consuelo añadió:

—Tienen mucho que hablar. Voy a traerles algo de beber. Siéntanse como en su casa —dijo, y se dirigió al interior del apartamento con las dos botellas de vino y el paquete que había traído Victoria.

Por un momento sólo hubo silencio. Hasta que Aurora inició la conversación:

—Consuelo me ha explicado que usted era amiga de Luis Miguel Sepúlveda, de Camagüey.

Victoria se limitó a asentir, y después de un instante Aurora continuó:

—Consuelo piensa que usted sabe qué ha sido de él. ¿Me lo diría…?

Las últimas palabras fueron casi inaudibles.

—Es una larga historia, pero te la contaré con mucho gusto... ¿Puedo tutearte, verdad?

Se sentaron en los dos sillones, frente a frente. En la abarrotada habitación sus rodillas casi se tocaban.

Victoria miró los volúmenes, los cuadros, las muestras de tanto arte disímil que las rodeaban. Cada cual parecía gritar en el silencio que encerraba su propio drama.

—Luis Miguel era hermano de dos íntimas amigas mías. Lo conocí de toda la vida... Era una familia orgullosa de su linaje cubano, de su participación en las guerras mambisas... Pero el padre creía en el régimen de Batista...

—Eso le causaba a Luis un gran dolor...—la voz de Aurora era apenas un murmullo.

—Efectivamente. Y quizá sabes también que él era simpatizante de la lucha del Directorio Revolucionario...

Aurora asintió con la cabeza, antes de decir:

—Sí, lo sé.

—Pues lo que posiblemente no sepas es que le dio las llaves de la hacienda familiar a un chico del Directorio...

—¿Las Delicias, verdad?

—Sí, Las Delicias...

—¡Cómo hablaba Luis de aquel lugar! Yo soy de Pinar del Río, y siempre me gustó el campo, pero oír a Luis describir Las Delicias era como si hubiera vivido en el paraíso... aunque él conocía también los dolores de la gente...

Durante algunos minutos se sumió en los recuerdos, para luego sugerir:

—Pero debo dejarte que me digas qué le ocurrió.

—Pues el amigo a quien Luis le había dado las llaves se las entregó a tres chicos que andaban escondidos, y que querían unirse a la guerrilla en Oriente... Y por pura coincidencia, sus dos hermanas, Clara y Fernanda, en unión de otras tres amigas y yo, fuimos a pasarnos unos días a la hacienda. No sabíamos que la tía Eulalia no estaba allí...

Aurora la miró en silencio, todavía evocando los recuerdos, pero era evidente que los mismos estaban muy latentes, porque enseguida dijo:

—Por esos días estaba en una clínica en La Habana buscando rejuvenecer con la cirugía plástica. Imagínate... A Luis le inspiraba ternura, pero a la vez le molestaba que hubiese clínicas para aquellos caprichos, mientras que en el campo no había ni un simple dispensario... El pobre Luis se debatía siempre entre su mundo y el que quería crear.

—Pues, de repente, en ausencia de la tía Eulalia, nosotras nos convertimos en las dueñas de la hacienda; y nos encontramos con aquellos tres huéspedes, a los que sorprendimos durmiendo en las habitaciones de la planta alta. Parece que les habían asegurado que allí nunca entraba nadie... Fue una sorpresa inmensa para todos. Eran apenas unos chiquillos, llenos de idealismo, pero completamente perdidos... Nosotras, claro, éramos también chiquillas y nos pareció de lo más romántico... O sea, que decidimos ser heroínas enviando a nuestros héroes a pelear por nuestros ideales.

"Les preparamos mochilas de comida y un botiquín de campaña. No fue difícil encontrar una brújula y unos prismáticos, y entonces a Fernanda se le ocurrió que además podíamos conseguirles algunas armas. Clara había logrado enterarse de la combinación de la caja fuerte del padre, donde guardaba un par de rifles y un revólver. No puedo describirte cómo se pusieron los chicos al verse armados. Era como si hubieran crecido medio metro más de estatura, y se hubieran hecho hombres en un momento. Claro, que todo eso era un espejismo, pero nos infundió a todos un espíritu de heroísmo.

"En fin, que al amanecer los chicos se marcharon... Clara le había dado a uno de ellos esa cazadora de aviador que ves en la foto —y señaló la copia de página que había sacado del bolso—. Era de Luis, y a Clara le encantaba. No sabíamos que se la había dado a Antonio Eliseo hasta que vimos la foto...

—¿Cómo has dicho que se llamaban los chicos? —preguntó Aurora con cierta urgencia en la voz.

—Se llamaban Antonio Eliseo, Felipe y Beto. Nunca supimos sus apellidos... Los dejamos ir sin siquiera saber a ciencia cierta cómo se llamaban. Pero aquel mismo día, unas horas más tarde, nos vino a recoger el chofer del padre de los Sepúlveda para llevarnos de regreso a la ciudad. Hicimos un juramento de nunca decirle a nadie lo que ocurrió en la hacienda. Un juramento que hemos respetado hasta el día de hoy. No estoy segura de saber cómo justificar el hecho de haberte contado todo esto...

—Has hecho bien. Te aseguro que has hecho bien —dijo Aurora, y añadió como en un susurro: —Todavía no me has dicho qué le pasó a Luis Miguel.

—En un par de días el mundo se vino abajo. Una patrulla batistiana agarró a los pobres chicos. Ya leíste lo que dice la nota: "...tres insurrectos atacaron a una patrulla que devolvió el fuego...". Quizá todo ocurrió de un modo muy distinto, pero los chicos terminaron muertos. Y las armas fueron fáciles de identificar. El padre de Clara tenía el revólver inscrito en el registro de armas de fuego, y como los rifles tenían grabadas sus iniciales en la culata, dedujeron que eran también suyos.

"Aquello fue el acabose. Clara y Fernanda negaron saber nada de nada, y no tuvieron problemas en convencer de ello a los padres. Toda la culpa cayó sobre Luis. El viejo capataz, que no se enteraba de mucho, sí tenía muy claro que en la hacienda habían estado tres chicos que le habían dicho que esperaban a Luis Miguel Sepúlveda, hijo; y que cuando fuimos nosotras quienes llegamos, los chicos decidieron marcharse. A él nada de esto le había parecido extraño. Los chicos eran correctos, y sobre todo, le habían devuelto el llavero de Luis con las llaves de la hacienda.

"El padre de Clara tuvo que hacer todo tipo de declaraciones diciendo que las armas habían sido robadas, que todo era un complot para desacreditarlo, por ser un simpatizante incondicional del régimen. Pero al mismo tiempo, decidió que Clara y Fernanda debían irse de inmediato a los Estados Unidos, por lo que al día siguiente las embarcó con destino a un colegio de monjas en Saint Louis, adonde transmitió la orden expresa de que no les entregaran ninguna carta que no fuese suya, ni que las dejaran hablar por teléfono con nadie más que él. Ni en su esposa confiaba. Por su parte, hizo que un primo de la madre, miembro de la policía secreta, arrestara prácticamente a Luis Miguel encargándose de despacharlo también en un avión, pero rumbo a una universidad católica en Michigan. Luis negó haber tenido participación alguna en el asunto, pero nadie lo escuchó.

Aurora apretó el pañuelo con el que se había ido secando las lágrimas. Y con la voz quebrada de quien no quiere oír lo que ya sabe, protestó:

—Pero si se fue a los Estados Unidos, entonces, ¿qué le pasó?

Victoria la miró largo rato. Aunque siempre le resultaba fácil expresarse, en ese momento se le hizo imposible pronunciar palabra, como si al hacerlo le diera un nuevo toque de verdad a aquella realidad trágica; como si las sílabas que iban a salir de su garganta fueran a acelerar la motocicleta por aquella carretera desierta, dándole el impulso que llevó a Luis Miguel hacia la nada. Pero la profundidad en los ojos de Aurora reclamó la verdad:

—Se mató en un accidente de moto. Nadie sabe cómo pudo conseguir esa moto con el poco dinero que llevaba, porque el padre le pagaba todos sus gastos, pero no le daba un centavo. Tampoco se supo adónde se dirigía... Sus hermanas han querido pensar siempre que logró averiguar su paradero y que iba a verlas, porque llevaba consigo un papel con el nombre de Clara y el teléfono del convento... Un camionero avisó a la policía. Dijo haberlo visto salirse de la carretera, y nunca pudo probarse que éste fuera culpable del accidente. A partir de ahí todo fue terrible. Como no sabían a quién avisar, llamaron al convento preguntando por Clara. Las monjas tomaron el mensaje, pero la policía insistió en que Clara debía presentarse a identificar el cuerpo. No quiero ni imaginarme el dolor que esto tiene que haber sido para Clara, quien adoraba a su hermano...

—Él también la quería mucho.

—Aurora, es sorprendente que estemos develando estos secretos después de tantos años. Pero tengo algo más que decirte, y que es quizá lo que me ha permitido contarte tantas cosas... Aunque primero tengo que preguntarte: ¿cuán profunda era tu amistad con Luis?

—Muy profunda, demasiado quizá.

—Luis llevaba muy poco consigo cuando murió. Un pequeño maletín con ropa para un par de días..., un libro de poemas de Neruda..., y una carta, en un sobre cerrado, sin dirección. Clara, por supuesto, abrió el sobre y la leyó..., pero no conocía a la destinataria... estaba dirigida a Aurora…

Después de un momento añadió:

—Debe haber sido para ti.

Aurora se fue deslizando lentamente hasta el suelo, hasta abrazarse las rodillas. Con la cabeza apoyada sobre éstas, sollozó sin consuelo.

Victoria se sentó a su lado en el suelo. Los ruidos de la calle se fueron apagando, hasta llegar a un silencio total. Después de un rato, en un gesto que ninguna de las dos parecía haber iniciado, se abrazaron.

—¿Por qué viniste, Victoria? ¿Qué querías descubrir en esa revista? ¿Y Clara? ¿Y Fernanda? ¿Viven? ¿Podré comunicarme con ellas? ¿Crees que Clara ha guardado la carta?

—Tengo fama entre mis amigas de hacer demasiadas preguntas sin dar tiempo a contestarlas. Creo que ahora te pasaré esa fama a ti...

Aurora la miró entristecida, sorprendida por aquel comentario trivial.

—No me hagas caso. Estoy tratando de superar un poco esta emoción. Encontrarte es como encontrar vivo algo de Luis Miguel después que lo hemos llorado tanto... Piensa que no sólo lo queríamos, sino que todas nos sentimos responsables de su muerte.

Y después de respirar profundamente, continuó:

—Eso es lo que me ha traído aquí. El sentimiento de culpa. Fuimos tan irresponsables animando a aquellos chiquillos a irse a la guerrilla cuando eran apenas niños, unos niños de ciudad que no entendían nada del monte. Y encima les dimos armas... y todo aquello costó cuatro muertes. Si hablaras con Clara ella sumaría dos más, porque su padre murió del corazón poco después de enterarse de la muerte de Luis... y la madre se convirtió en una sombra y no duró mucho más.

"Todos estos años nos hemos sentido culpables de las muertes de los tres chicos. Y cada año nos enviamos una postal en el aniversario de nuestro último día en la hacienda. Pero no hablamos nunca de ello. Dos de las seis les han dado el nombre de uno de los chicos a uno de sus hijos. Pero siempre en silencio. Sin embargo, este año decidí que ya no soportaba más el mutismo, y he ido visitando a cada una. Llevamos vidas muy distintas y tenemos ideas bastante dispares sobre Cuba, pero nos une una viejísima amistad, algo silenciada por años, pero indestructible.

"En cuanto a tu carta..., no tengo respuesta. Llamaré a Clara a ver si la tiene en su breviario.

—¿En su breviario?

—Sí. Clara es monja de clausura. El breviario es una de sus pocas posesiones. Sé que guarda dentro de éste algunas fotos de la familia. Fernanda también entró al convento, pero es de una orden activa. A propósito, posiblemente te sorprendería su pasión por la justicia social...

Consuelo, que había esperado hasta este momento para hacer su entrada, llegó trayendo una bandeja con una botella de vino tinto y tres copas.

—¡Ay, Consuelo! Qué bueno que conocieras a Victoria. Por fin he podido saber lo que le pasó a Luis Miguel. Yo ya intuía que había muerto, pero ahora sé que no me había olvidado…

Y se echó a llorar desgarradoramente.

Esta vez fue Victoria la que pasó al interior del apartamento. Sabía que aquellas lágrimas eran necesarias, y no quería inhibirlas en modo alguno con su presencia.

Luego las tres bebieron en silencio, cada una ensimismada en su coloquio interior.

Consuelo había puesto un disco de Leo Brouwer, y mientras la guitarra desgranaba sus propias melancolías, les sirvió otra copa de vino.

Esta vez Victoria levantó la copa y dijo:

—Por Luis Miguel

Y ambas le contestaron:

—Por Luis Miguel.

Después de un rato, Aurora se dirigió a Victoria:

—Voy a pedirte algo. No llames a nadie todavía. No le reveles a nadie lo que hemos hablado, por favor. Y prométeme que podremos vernos mañana. Tengo unas viejas fotos de Luis, algunas cartas y algunos libros. Quiero dártelo todo para que se lo lleves a sus hermanas…

—No creo que ellas quieran privarte de esos recuerdos que has guardado tantos años. Creo que mejor te quedas con los libros. Y podemos hacer copias de las fotos y de algunos fragmentos de las cartas que luego les llevaré a Clara y a Fernanda. Estoy segura de que ellas lo preferirían así. Y confía en que si alguna de las dos ha conservado la carta de Luis para ti, yo te la haré llegar.

—Gracias, Victoria. ¿Puedes volver aquí mañana a esta misma hora? ¿No te importa, Consuelo, verdad? Es que yo vivo más lejos…

—Sí, claro que vendré. ¡Todavía tenemos tanto de qué hablar! Sé que entre hoy y mañana, ambas nos acordaremos de otros detalles y anécdotas de Luis... Pero a mí me gustaría hablar además con las dos acerca de lo que es ser cubana en Cuba.

—¿Cubana en Cuba? Pues esto es el pan nuestro de cada día... —dijo Consuelo, forzando una sonrisa—. Creo que lo importante es la clase de cubana que quieras ser, cómo te relacionas con Cuba y contigo misma, vivas dentro o fuera de Cuba...

—A mí me interesa saber cómo se vive Cuba cuando ésta deja de ser un espacio físico, para convertirse en un ámbito mental, emocional, como me han confesado algunos de los cubanos que no viven aquí que es para ellos... —añadió Aurora.

—Pues bien, compartiremos cómo vivimos en cubano: ustedes aquí, yo por allá... Hasta mañana, Consuelo. ¡No tengo palabras para agradecerte!

Y abrazando a Aurora, añadió:

—Aunque parezca increíble, siento haber encontrado en ti la hermana que nunca tuve.

E intuyó, más que oyó, la respuesta de Aurora:

—Hasta mañana, Victoria. Desde siempre.

XXIV. Luis Miguel

Quien te dice que ausencia causa olvido

mal supo amar...

Fray Luis de León, *Quien te dice que ausencia causa olvido*

Una vez más Victoria se encontró con que al terminar de subir la escalera de casa de Consuelo, la puerta se abría, como si en lugar de alzar la mano hacia el timbre hubiera dicho: "Ábrete, Sésamo", y sonrió recordando la referencia a la cueva de Alí Babá que había hecho el día anterior. Pero las reflexiones le duraron muy poco. Aurora la tomó del brazo y le presentó a un joven:

—Victoria, quiero que conozcas a mi hijo Luis. Luis Miguel Hernández... aunque debió llamarse Luis Miguel Sepúlveda.

Victoria se asió al marco de la puerta. Tenía ante sí a Luis, o más bien, al Luis que hubiera sido si la moto no hubiese resbalado al borde de una autopista helada y desértica... tantos años atrás.

—Dame un abrazo… —fue todo lo que supo decir. Y lo estrechó firmemente.

El joven le acercó un sillón y la ayudó a sentarse.

—No sé qué decir, Aurora. Si éste es tu hijo y el hijo de Luis, mi emoción no tiene límites. ¡Cómo se alegrarán Clara y Fernanda al saber que Luis Miguel sigue viviendo, y viviendo aquí en Cuba, en el único lugar donde quería vivir! Ven, déjame que te vea bien, otra vez. ¡Cómo te le pareces!

El joven sonreía...

—Siempre supe que mi padre tenía un gran tipo. Me alegra que usted lo corrobore...

Victoria tuvo que sonreír entre las lágrimas.

—También era un poquitín vanidoso. ¡Que no poco lo engreían sus hermanas! Pero no me trates de usted. Y no te burles de mí. Si no entendí mal lo que me dijo tu madre, siempre has sabido que tenías padre, y que quizá alguna vez conocerías a su familia. Jamás pude imaginar que Luis Miguel hubiera dejado un hijo...

—Luis nunca lo supo —se apresuró a decir Aurora—. Cuando lo supe yo, él ya llevaba dos meses desaparecido. Había ido a buscarlo a la casa de huéspedes y nadie me había sabido dar razón de él. Tampoco sus amigos sabían nada. Y entonces cerraron la universidad, y mis padres me sugirieron que regresara a casa, a Pinar...

—Antes de irme traté de llamar a su casa en Camagüey, pidiéndole el número a la operadora. Pero no contestó nadie. Unos días después volví a llamar, y habían desconectado el teléfono. Me sentí muy desvalida al no tener recursos para encontrarlo. Mi madre se portó extraordinariamente, insistiendo en que todo era culpa de los tiempos en que vivíamos, y que si él era como yo se lo describía, volvería por mí y me encontraría.

"Lo cierto es que decidí no hablar más de él. Sentía que cada vez que trataba de describirlo a los demás, o explicarles nuestra relación, sólo conseguía desdibujarlo a él y a los recuerdos. Y me lo guardé dentro, junto con el niño que seguía creciendo dentro de mí.

"No podía sino imaginar que se había unido a la guerrilla, y que cuando la Revolución triunfara, él regresaría a buscarme y yo le tendría reservado el premio a su sacrificio. Para ocupar el tiempo que no llenaba cosiendo camisitas y bordando pañales, les fui escribiendo un diario a cada uno de mis dos Luises.

"Mi hijo nació casi al mismo tiempo que Fidel entraba en La Habana. Celebramos con un júbilo inmenso esos dos nacimientos. En esos días nadie preguntaba por el padre de un niño nacido con la Revolución... Había demasiado jóvenes ausentes...

"Cada mañana despertábamos con una nueva noticia. Íbamos de sorpresa en sorpresa. Teníamos que asegurarnos los unos a los otros que era cierto, que habíamos ganado, que el triunfo era definitivo, que a pesar de los intereses de quienes siempre habían ostentado el poder, y de sus esfuerzos por cambiar el rumbo de la historia, estábamos haciendo una patria nueva, y enviando a todo el mundo el mensaje de que los pobres podían heredar la tierra...

"Hubo días dolorosos, con los juicios y los fusilamientos justos e injustos, con las protestas de quienes defendían el pasado y el dolor de quienes hubiéramos querido que el cambio no causara tales rupturas... Y la gente se miraba con desconfianza, queriendo saber cuánto apoyaba o no el otro todo lo que ocurría, si podrían confiar sus pensamientos a alguien... Y llegaba más y más gente a La Habana buscando ser parte aquí, en el mismo centro del proceso, de algo que prometía cambiar el mundo... Mientras, otros se iban para siempre...

"Yo dejé el niño con mis padres unos días y vine a La Habana para tratar de encontrar a Luis. Volví por su antigua casa de huéspedes, fui a su facultad, pero no encontré rastro de él. En Camagüey el teléfono de su familia seguía desconectado.

"Me reprochaba que en la euforia del amor nunca hubiésemos pensado en medidas concretas para una situación como ésta. No habíamos intercambiado referencias, direcciones, contactos ni otro tipo de información. Nos habíamos amado en un presente que parecía contener toda nuestra vida.

"Y regresé a Pinar del Río... Y mi hijo iba creciendo con la Revolución... de sorpresa en sorpresa... Y poco a poco perdí la esperanza de saber de su padre. Lo nuestro había sido muy profundo y muy breve. Apenas conocí a un par de sus amigos, y ésos fueron de los que no se quedaron.

"Mis padres decidieron mudarse conmigo a La Habana para que pudiera acabar la carrera sin separarme de Luisito. ¡Fueron de una bondad infinita! Mi madre añoraba su casa, su barrio, sus hermanas, sus amistades, su rutina... y mi padre creía que sólo los locos podían preferir la vida de la capital a la quietud de una ciudad provinciana. Pero yo era su única hija y ¡adoraban a Luis! Sabían que el estudio no sólo era beneficioso para mí, sino también para el niño.

"Tuvimos la suerte de conseguir una casa en el reparto Arroyo Apolo. Era de unos parientes lejanos que se iban al Norte y querían que se la cuidáramos hasta su regreso. Nos dejaron una lista imposible de instrucciones acerca del cuidado que debíamos tener con las plantas, los pájaros, los gatos, los cubiertos, los manteles... Por años no utilizamos sus pertenencias, hasta que se hizo claro que nunca iban a volver, y que las sábanas y los manteles amarilleaban por falta de uso.

"Cuando volví a la universidad, me iba a diario a la Facultad de Arquitectura para preguntar si alguno de los alumnos sabía algo de Luis Miguel. Pero yo había estado fuera de las aulas por cinco años, y ninguno de los estudiantes de ese momento lo conocían. Sin embargo, seguí el rito de visitar su facultad hasta que me gradué, para ayudarme a mantener vivos los recuerdos de aquellos días...

"Muy pocas personas saben mi pasado. Y con detalles, sólo Consuelo. Cuando Luis era pequeño pensé que era importante que alguien supiera su historia, en caso de que yo faltara... y por si acaso volvía su padre... —y aquella nostalgia, transformada en pérdida irreparable, se hizo temblor en la voz de Aurora.

Victoria había escuchado con recogimiento. Aurora le puso en las manos un álbum, y fue señalándole las fotos de Luis... No eran muchas, pero marcaban hitos importantes.

A medida que Aurora se las señalaba, le fue narrando:

—Esta es su primera foto. Quería tanto poder dársela a su padre. Y aquí está con mis padres. Todavía vivíamos en Pinar del Río. Esta es la casa de Arroyo Apolo, ¡como jugaba él en ese portal! Y aquí conmigo en las escaleras de la universidad. ¿Ves? Es el mismo lugar donde unos compañeros de clase nos hicieron esta foto a su padre y a mí. Y aquí lo ves, tan orgulloso, en su primer día de escuela. ¡Mi pionerito! ¡Con que orgullo llevaba él su uniforme y sus libros!

Y mientras Aurora le mostraba aquellas imágenes inolvidables, Victoria pensaba: "Esta es la otra mitad de mi historia. La que no he vivido. Las desconfianzas. Los miedos. Los antagonismos. Las idas súbitas de las gentes que se marcharon. Las colas para conseguir alimentos o ropa. La escasez. El temor. La esperanza. El orgullo de los logros. La generosidad solidaria. El ayudarse a sobrevivir. La promesa de la educación para todos".

Ver crecer a Luis a través de las sencillas fotos que su madre había colocado con tal esmero en aquel álbum, cuyas hojas pasaba con cariño, también le hacía repetirse la letanía: "Aquí siguió la vida. No es cierto que todo terminara. No se volvió pretérito..., siguió siendo". Aunque también sabía que nada había sido fácil. No tener los medios de encontrar al padre de su hijo, de saber qué había sido de él... Y demasiado bien sabía que se habían pasado verdaderas necesidades y hasta hambre durante el "periodo especial". Realmente, la mitad que no le había tocado vivir no había sido nada fácil.

—Mira —continuó diciendo Aurora—. Aquí estaba aprendiendo a montar bicicleta. Y le puse aquí al lado ésta que le había tomado yo a Luis con su bicicleta. Siempre quise que viera que había tenido un padre... y que su padre se le hiciera real en la semejanza... Por eso lo senté con un libro, bajo este ficus, en la universidad, esa es la última foto que tengo de Luis... la tomé el último día que estuvimos juntos... Y ¿ves?, Luisito tiene la misma postura que su padre, con el libro abierto en las rodillas, y la mirada perdida hacia lo alto.

—Es que estaba mirando volar un barrilete, mamá.

Una vez más, Luis consiguió hacerlas sonreír. Y Victoria se sintió invadida por una ola tibia al ver la profundidad y la ternura de la relación entre madre e hijo.

—¡Qué regalo te dejó Luis! ¡Y qué bien lo has cultivado!

XXV. Annette

Cuando el pasado se mira
en los ojos del futuro.

Tras la ventanilla del avión de Cubana de Aviación, Victoria vio cómo las llanuras de tierra roja se hacían cada vez más cercanas. Cuando apareció el edificio pequeño cuya torre cuadrada de cristal seguía controlando los escasos vuelos al aeropuerto camagüeyano, Victoria sintió una oleada de emociones confusas. No sabía qué sería más fácil, si encontrarse cara a cara con un pasado detenido en el tiempo, o empezar a conocer algo nuevo construido en lugar de lo que llevaba guardado para siempre en el recuerdo. En la simplicidad de aquel aeropuerto, el tinajón que seguía adornando el jardín anterior en el que continuaban floreciendo gladiolos, podían fundirse en una sola las imágenes del recuerdo y del presente.

El viaje a la ciudad —en un auto no muy distinto del que la había llevado a tomar el avión que la alejó de su tierra hacía tantos años— contribuyó a fomentar la fantasía. Lo mismo le ocurrió con el Gran Hotel, en la calle Maceo, donde desde los sillones y el decorado del vestíbulo hasta el mobiliario, las lámparas de la habitación y los muebles y vajillas del comedor, todo databa del momento en que el Art Deco era la última moda, una moda olvidada por un tiempo hasta que volvió a ser objeto de admiración.

Una llovizna molesta y pertinaz la hizo estremecerse como si hubiera recibido la noticia de un fallecimiento. Pero después de un rato en la habitación decidió que, lloviera o no, le era imposible permanecer en el hotel sabiendo que había tantos sitios que quería visitar.

La llovizna que persistía, aunque con menos fuerza, la acompañó mientras caminaba a lo largo de la Calle de República, en la que había vivido su abuelo. La vía, aparentemente en reparación, era prácticamente intransitable, con dos enormes zanjas abiertas donde antes estuvieron los adoquines que, cuando niña, vio cubrir de asfalto. Además, tampoco era fácil transitar por las aceras, abiertas en muchos lugares. Pero ninguno de esos obstáculos la detuvo. Conocía tan bien cada una de aquellas fachadas, que le era imprescindible saludarlas, como hubiera querido saludar a los vecinos que antes habían habitado tras ellas.

Aunque la mayoría de las fachadas mostraba bastante deterioro, había una o dos fachadas restauradas, entre ellas una esquina de hermoso Art Noveau. "No están tan destrozadas como en La Habana", pensó. No sabían los antiguos habitantes de la antigua villa de Puerto Príncipe, que al mudar la ciudad de la costa hacia el interior para evitar los ataques de piratas y bucaneros, también estaban salvándola del ataque implacable del salitre.

La débil luz del alumbrado público no le permitía apreciar la total extensión de los estragos del tiempo y la escasez de cemento, aunque no le fue difícil intuir que la próxima visita a la luz del día le causaría dolor.

Ya de regreso hacia el centro de la ciudad, la sorprendió ver que un antiguo almacén, justo al inicio de la calle, al costado de la masiva iglesia de la Soledad, que ella recordaba como un edificio sin gracia y bastante despreciable, había sido devuelto a su gloria colonial, convertido en mesón para turistas. Y entró a comer algo allí. Aunque el menú no era muy abundante un pan con chorizo y una copa de vino le devolvieron el ánimo.

Luego de concluida la breve visita al mesón, siguió caminando en dirección a la Plaza de las Mercedes. La llovizna había casi desaparecido, aunque de cuando en cuando una gota le resbalaba por la cara. "Ay, Camagüey, me estás dando hasta las lágrimas que no me atrevo a derramar", pensaba, cuando la sorprendió escuchar la música de un piano.

Había llegado a la plaza, y desde la casa natal, bellamente restaurada, de Ignacio Agramonte —a quien conocieran los insurrectos de las guerras de independencia como El Mayor— le llegó el eco apasionado de la música de Beethoven. Se acercó lentamente al sitio de donde provenían aquellas notas enérgicas, y los dos conserjes sentados en taburetes apoyados en dos patas contra el dintel de la enorme puerta cochera la invitaron, en silencio, con un gesto de la mano, a entrar.

El patio central estaba lleno de sillas, donde un público reverente —haciendo caso omiso a las pocas gotas intermitentes que caían aún, afortunadamente cada vez más espaciadas— escuchaba el concierto interpretado por un joven en un piano de cola, bajo uno de los amplios portales interiores. Y si la llovizna la había hecho sentirse rechazada, esa noche de música en aquel patio colonial que recordaba al de su propia infancia, la hizo sentirse bienvenida, reconocida.

Un incidente trivial contribuyó a aquel sentimiento de aceptación. En mitad del concierto, los organizadores hicieron unas preguntas al público, y ella, como si volviera a ser la escolar aplicada de años atrás, antes de tanta ausencia, se ruborizó cuando, al responder acertadamente a la pregunta: "¿Cuál fue la primera obra literaria publicada en Cuba?", ganó dos entradas para un evento cultural que se realizaría dos días después. ¡Qué profético parecía ahora aquel título, *Espejo de paciencia*, un libro que había languidecido en su biblioteca, esperando siempre una mejor ocasión, en este pueblo que parecía destinado a tanta espera paciente a lo largo de su historia!

El día siguiente le deparaba muchos descubrimientos, aunque al final todos quedaron opacados por uno solo.

Su primer peregrinaje fue a la calle de Avellaneda. Quería ver una vez más la casona en la que había nacido Gertrudis Gómez de Avellaneda, la misma que, en los días remotos del bachillerato —que parecían más cercanos con cada paso que la acercaba al edificio— las había hecho sentir tanto orgullo de compartir la ciudad natal.

Y mientras se aproximaba al sitio, pensaba una vez más en cuán difícil era ser digna del ejemplo de tanta camagüeyana ilustre. De Ana Betancourt de Mora, que se había enfrentado en 1869 a la Asamblea Constituyente para reclamar igualdad de derechos para la mujer cuando, en plena Guerra de los Diez Años, se escribía la Constitución, bajo cuyos principios Cuba recurría a la lucha armada para liberarse de España. De la escritora Aurelia Castillo, o en época más cercana a la suya, de la doctora en medicina Tula Aguilera, quien escribió sus mensajes de higiene y nutrición en décimas criollas, fáciles de entender, para llegar a la mujer campesina. También de la educadora Dolores Salvador, a quien tanto admiraban sus maestras porque había iniciado una escuela nocturna para mujeres trabajadoras, logrando que muchas de ellas llegaran al magisterio. Pero sobre todo, la primera Tula, "la Avellaneda", que había llevado muy en alto el nombre de Camagüey por el mundo, provinciana de una isla remota triunfando en los círculos literarios más elevados de la metrópolis.

Ahora no podía menos que pensar: "Ay, Tula, aunque nunca llegamos a alcanzar tus triunfos, sí que hemos compartido tu nostalgia", y recordaba sus versos, que de tanta lectura se sabía de memoria:

> *Qué triste, cual tú, vivo*
> *por siempre separada*
> *de mi suelo nativo...*
> *¡De mi Cuba adorada!*

Frente a la fachada de la casa de altos aleros donde viviera la poetisa, el soneto aprendido en las aulas —que tantas veces la había acosado en los momentos más inesperados— cobró nueva inmediatez. Qué acertado haber llamado a Cuba "¡Perla del mar! ¡Estrella de Occidente!" y qué elocuente la tristeza de partir expresada por la Avellaneda.

Cuando Victoria salió de Cuba no hubo velas que izar, ni "chusma diligente" cuyo desvelo se apresurara a arrancarla del nativo suelo. Sin embargo, pensó, a pesar de que el buque de velas turgentes donde partió la poetisa, y el avión de alas aerodinámicas en el que ella salió en ruta a otro destino eran tan diferentes, el dolor de la partida era uno solo, y una la presencia constante de aquella isla que jamás podía dejarse totalmente.

Caminando a paso lento, como para amoldarse al ritmo de la callada mañana de domingo, observó una ventana entreabierta en una de las calles del Parque Agramonte, frente a la Catedral. Una de esas ventanas camagüeyanas que van desde el alero del techo hasta la acera, y en las que las rejas de hierro o los balaustres de madera protegen del exterior, creando a la vez una corriente de brisa entre la calle y los patios interiores, en cuyas esquinas duermen tinajones barrigudos cubiertos de musgo.

Por esta ventana pudo ver varios cuadros, múltiples cuadros, en una pared de la casa bicentenaria. Se acercó, siguiendo la atracción irresistible del arte. Una joven apenas salida de la adolescencia, al verla desde el interior, se acercó a saludarla.

—¿Es una galería? —preguntó Victoria.

La joven rió, y por única respuesta le preguntó a su vez:

—¿Le gustaría entrar?

Las paredes de altura generosa estaban absolutamente cubiertas de óleos, todos contemporáneos, pero de estilos muy diversos. Victoria los miró con un interés que se volvió, frente a algunos, recogimiento. La joven, delgada y ágil, la observaba.

Después de un rato, y respondiendo más a la mirada que a la pregunta que Victoria no había pronunciado, musitó, como si compartiera un gran secreto:

—Son de mis padres.

¿Todos? A Victoria le parecía imposible. Aunque los cuadros no estaban agrupados en ningún orden discernible, algunos, de colores muy fuertes y planos, de tema afrocubano, eran reconocibles como producto de una misma mano. Pero los otros hubieran requerido varias vidas y una conjunción de espíritus para crearlos.

—Estos son de mi madre —le confió entonces la joven con una sonrisa. Y fue señalando los de tema afro-cubano—. Los demás son todos de mi padre.

—¿Pero... todos? —Victoria no podía evitar la sorpresa.

—¡Sí, todos! —afirmó ella con toda sencillez—. Cada cierto tiempo cambia de estilo. De modo radical. No quiere períodos de transición. Deja de pintar como lo venía haciendo y empieza algo completamente nuevo.

—Es totalmente admirable. Porque en cada uno de estos estilos es un gran pintor.

La sonrisa de la joven se tornó en risa franca.

—¡Sí, lo es! Y precisamente hoy le están dando un gran homenaje.

"¡Qué lejos vivo! ¡Cuánto se me ha quedado por saber!", pensó Victoria, pero por primera vez tomar conciencia de ello no le causó dolor, pues le resultó un gran gozo poder perderse en el simple sentimiento de admiración.

—¿Y tú? Con tales padres... ¿eres también artista?

—Soy fotógrafa. —y extendiéndole la mano, añadió con aquella sencillez que había cautivado a Victoria—, me llamo Annette.

La fotografía de Annette mostraba otra Cuba. La de un intimismo profundo, en blanco y negro: la gota de agua cayendo de un alero, el desconchado del borde de una teja, la hoja de un arbusto de jazmín del Cabo, la eternidad del sueño de un lagarto sobre una rama de mirto.

Y al ver cómo revelaba aquella joven la profundidad de la vida a través del lente de su cámara; al verla sonreír, detenida con una sencillez que era esencialidad misma, en la húmeda frescura de aquel patio cuyos ladrillos habían desgastado tantas generaciones; al oír su risa con una alegría nacida en lo hondo, como el agua dormida al fondo del aljibe, Victoria sintió que ya nada importaban las fachadas más o menos carcomidas, o su capacidad para reencontrar un recuerdo en una esquina, o la lápida de la tumba de sus abuelos inscrita con letras perdurables en el mármol de una pared del cementerio.

Comprendió de un modo visceral y absoluto que se había pasado la vida sufriendo por entender qué era el haberse marchado. En realidad, mientras siguiera la limpidez en la mirada de Annette y sus pasos recorrieran las calles tortuosas, tan queridas, ella, Victoria, nunca se había ido.

XXVI. Antonio Eliseo

No sé si me olvidarás,

ni si es amor este miedo;

yo sólo sé que te vas,

yo sólo sé que me quedo.

Andrés Eloy Blanco, *Coplas del amor viajero*

Cuando bajó del taxi, Victoria se sorprendió al ver a Aurora esperándola a la puerta de la biblioteca, y miró el reloj para comprobar que no llegaba tarde a la cita concertada antes de su viaje a Camagüey.

—Me queda algo que mostrarte, —le había dicho Aurora la noche que le presentó a su hijo.

Y Victoria accedió a encontrarse con ella sin preguntar nada sobre la posibilidad de un nuevo misterio, anonadada todavía por la nueva de la existencia de un hijo de Luis Miguel.

—Victoria, ¡qué bueno que has llegado! Ven, vamos —dijo Aurora, tomándola impaciente del brazo.

—¡Hola, Aurora! ¿Estás bien? —no pudo menos que preguntarle, porque parecía febril, porque toda la serenidad y compostura que a pesar del dolor había logrado conservar en sus encuentros anteriores, habían desaparecido.

—Estoy bien, no temas. Es que te tengo una sorpresa...

—¿Otra sorpresa? No podrá ser mayor que la que ya me diste.

Victoria trató de hacerla sonreír. Al no lograr que cambiara su expresión intensa, decidió seguirla en silencio.

Mientras subían las escaleras que conducían al piso superior, Victoria volvió a mirar las frases escritas, casi dibujadas con magistral caligrafía sobre las paredes de mármol. Buscaba una mayúscula o un punto que pudieran sugerir un principio o un final, pero no los había. Una frase se engarzaba con la siguiente, como los intrincados arabescos de las yeserías árabes. "El infinito", pensó, "cada vida es su propio infinito".

Todavía cavilaba sobre ello cuando Aurora la guió hasta la antesala de la dirección.

—Por favor, pasen —dijo la secretaria. Y haciéndolas entrar al despacho del director las invitó a sentarse en las amplias butacas de cuero.

Muy pronto, un fuerte aroma llenó el despacho. La secretaria traía en las manos una bandeja con tres tacitas de humeante café y tres vasos de agua.

—Les he traído un poquito de café. El señor director acaba de llegar, ¿le digo que pase?

—¡Sí! Muchísimas gracias.

Un hombre ágil entró en el despacho. El gris de la barba acentuaba su porte atlético. Y la mirada franca, detrás de los lentes, parecía captar en un instante toda la situación. Pero esperó a que Aurora hablara:

—Gracias, Antonio, por recibirnos —y con una sonrisa añadió—. Quiero hacer la presentación de dos viejos amigos: Antonio, esta es Victoria Méndez. Creo que se conocieron hace muchos años en Las Delicias.

Victoria, este es nuestro director, Antonio Montaraz, es decir, Antonio Eliseo Montaraz.

—¿Victoria? ¿La "pequeña Samotracia de Las Delicias"?

—¿Antonio Eliseo?

Victoria palideció. Al verla, Aurora se apresuró a darle un vaso de agua.

—Aquí en Cuba creemos que para los sustos no hay nada mejor que un poco de agua de azahar. Pero aunque sea sin azahar, ¿por qué no bebes un poco?

Victoria bebió agradecida. Y luego se volvió a Aurora:

—No entiendo nada de esto.

—Pensé decírtelo, pero creí que sería mejor esperar a que volvieras de Camagüey y pudieras ver personalmente a Antonio. O sea, a Antonio Eliseo, como lo conociste tú. Hace un par de años, cuando ya hacía varios que era bibliotecaria, oí en un coctel a Antonio cuando hablaba con un amigo acerca de cierta aventura que protagonizó antes de la Revolución, en una hacienda llamada Las Delicias, cerca de Manatí, en Oriente. El nombre me llamó enseguida la atención. ¡Luis hablaba con tanto cariño de aquella hacienda! Y pensando que no habría demasiadas haciendas con ese mismo nombre en la misma zona, al día siguiente le pregunté a Antonio si había conocido a Luis Miguel Sepúlveda. Él me contó a grandes rasgos la versión de la historia que me revelaste tú. Le pedí que me hablara de la hacienda. Era la única referencia a algo relacionado con Luis, en tantos años...

—¡No puedes imaginarte cuánto me alegro de que estés vivo! —interrumpió Victoria, dirigiéndose a Antonio Eliseo, quien no cesaba de mirarla.

—¡Yo me alegro muchísimo de verte! —respondió él, con una sonrisa.

—¡Tantos años sufriendo por tu muerte! —exclamó Victoria, en un tono difícil de precisar—. Pero todavía no logro entender nada. ¿Quiénes son entonces los chicos de la foto?

Y señalaba insistente la foto en la copia de la página de *Bohemia*, que había sacado del bolso.

—Eran nuestros guías. Nos encontraron a la salida de la hacienda, en respuesta al telegrama que enviamos cuando nos descubrió el capataz. Segismundo se llamaba, ¿verdad?, poco antes de que llegaran ustedes.

—Sí, el pobre Segismundo, en qué lío se metió. Pero, ¿qué pasó?

—Los guías decidieron que éramos demasiado jóvenes e inexpertos. Y nos dieron instrucciones de ir directamente a Bayamo en el tren de esa tarde. Allí nos esperaba un compañero que nos llevó a la finca donde nos quedamos por unos meses hasta que triunfó la Revolución.

—Pero, ¿y las armas? ¿Y la cazadora de Luis que tiene puesta el chico de la foto? ¿Te la había dado Clara, o te la llevaste simplemente?

—Me la dio Clara, la dulce Clara. ¿Qué ha sido de ella?

—No lo creerás, es monja de clausura —interrumpió Aurora.

—¡Pobrecita! ¿Por mi culpa? —dijo Antonio. Era difícil precisar el sentimiento que se ocultaba debajo de un tono que quería ser burlón y sonaba a melancolía.

—Puedes compadecerla por algunas cosas, más que nada por la muerte de su hermano Luis, de la que se ha sentido siempre culpable; pero no por el camino que ha elegido... parece feliz. Pero explícame más. Las seis hemos llevado una vida atormentándonos por haber mandado a la muerte a tres chicos... y resulta que no fue exactamente así.

—Ahora ya no pareces alegrarte de que esté vivo, Victoria —y una vez más el tono de Antonio Eliseo fue una mezcla de burla y melancolía.

—Claro que me alegro. No hay palabras para explicarte cuánto, aunque una parte de ello sea de puro egoísmo, porque a fin de cuentas debiera seguir lamentando la muerte de esos tres muchachos —y tocó la foto como para darle realidad a sus palabras—. También ellos habrán tenido madre, y abuelas, o hermanas o primas, quizá hasta novias, que los lloraran; también ellos tenían todavía una vida por vivir, pero nosotras hemos estado obsesionadas por nuestra pequeña culpa particular, la culpa individual de haber sido causante de la muerte de ustedes tres, y ustedes no se habían muerto, y todo esto me tomará mucho tiempo reorganizármelo dentro... aunque todavía no me has explicado mucho.

—No hay mucho que explicar, Victoria, créemelo. Y créeme también que me duele pensar que hayan sufrido por nosotros, aunque a la vez tendré que confesarte que me emociona el que nos hayan recordado. Los guías nos pidieron las armas, y nosotros, inspirados por la generosidad de unas muchachas que nos habían dado de todo, se las entregamos, aunque aquellas armas nos habían hecho sentir tanto orgullo, y también les dimos las mochilas, el botiquín de emergencia, y en el último momento, le di al más joven la cazadora de cuero. Me apenaba separarme de algo que todavía tenía el perfume de Clara.

¿Cómo ha podido meterse a monja alguien tan bien dotada para amar? Pero pensé que cuando se lo contara, ella, tan idealista, aprobaría mi gesto.

—¿Creías que la volverías a ver?

—Nos habíamos jurado amor eterno. Y yo creía que habíamos sellado el juramento.

—¿Tú también la buscaste?

—Por cielos y mares. Lo primero que hice cuando entramos triunfantes a Camagüey —porque nos habían dejado unirnos a las tropas que iban hacia La Habana— fue preguntar por la familia de Luis Sepúlveda. Pero cuando llegué a la casa que me indicaron, no había nadie. Y los vecinos no quisieron darme detalle alguno. No eran momentos en que nadie quisiera dar cuentas de otra persona. Lo único que saqué en limpio es que allí no quedaba nadie de la familia.

”Pensé encontrar su pista a través de Mateo, el compañero que nos había enviado a Las Delicias y nos había dado el nombre de Luis. Pero el pobre Mateo cayó peleando en la Sierra. Lo supe mucho después.

”Eran días de euforia y transformación. Me quedé en La Habana para poder cumplir el sueño de mi madre de ir a la universidad. Tomé cursos acelerados para completar el bachillerato y entré a la Facultad. Una de mis mayores satisfacciones ha sido haberle dado a mi madre la alegría de verme triunfar. La Revolución ha tenido grandes logros, pero creo que sólo se entienden cuando se ven traducidos en estos pequeños logros individuales. Mi padre era un hombre perdido en la esperanza inútil del juego que sobrevivía cada fracaso anegándose en alcohol. La Revolución le devolvió la dignidad y el deseo de vivir. Ni yo mismo, que lo soñaba, creía verdaderamente que esto fuera posible.

"No, no encontré a Clara. No por falta de deseos de encontrarla. Jamás he olvidado la revelación de su ternura. Pero pasado el tiempo llegué a aceptar que se habían ido, que pertenecíamos a mundos distintos, que tenía que guardar su recuerdo como se guarda el de una lluvia de meteoritos, en la cual una estrella fugaz parece quedarse un segundo más en el firmamento."

—¿Y qué fue de los otros? ¿De Beto y de Felipe?

—Beto es músico. Lo fue siempre, pero al triunfar la Revolución, en vez de tocar el bongó, hizo estudios de guitarra y composición. Ha trabajado mucho con el instituto de cine cubano, el ICAIC. Si has visto películas cubanas, seguramente habrás escuchado su música.

Se había levantado y buscó entre los muchos discos compactos junto a su estéreo.

—Mira, aquí tienes.

Victoria miró con sorpresa el rostro que aparecía en la cubierta del disco que Antonio Eliseo le alcanzaba.

—¿Éste es Beto? —dijo, mientras leía con admiración la lista de sus composiciones.

—Ahora somos pocos los que le decimos Beto. Casi todos lo conocen por su nombre real, Alberto.

—Es que parece mentira que aquel muchachito…

—Aquí el tiempo no se detuvo, Victoria, siguió adelante. Los automóviles de los años cincuenta y la arquitectura intocada dan una impresión equívoca.

—¿Y Felipe?

—Felipe se marchó. Al principio se encontró bien y se ganó cierto reconocimiento como crítico literario. Dirigía una revista y se le respetaba mucho, lo invitaban a congresos en todo el mundo y llevaba el mensaje de lo mucho que se publicaba en Cuba, y del impulso que la

Revolución había dado a la cultura. Pero en un viaje a París decidió quedarse.

—Así, ¿sin más?

—Me gustaría decirte que así, sin más, que la Ciudad Luz ejerció su atracción sobre él como lo ha hecho tantas veces antes. Pero estoy seguro que no fue sólo así, sin más. Esto no es fácil. Ni hoy ni nunca ha sido fácil para nadie. Somos muchos los que tenemos la familia dividida, separada geográficamente porque algunos se han ido; o separada en la visión que unos y otros tienen de las cosas, y no siempre es posible seguir manteniendo los ideales, cuando en la vida diaria se carece de tantas cosas. Y es terrible ser idealista a costa de los demás. Y exigirles a otros que sean héroes. Algunos sentimos que estamos cumpliendo un destino histórico y lo hacemos con una clara convicción, pero no podemos exigir que todo el mundo piense igual.

—¿Y has vuelto a saber de él?

—Sí, de hecho, no hace mucho lo vi durante un congreso en México. Y, como siempre que nos encontramos, recordamos aquella aventura de Las Delicias. ¿Sabes que tiene la obsesión de haber dejado embarazada a tu amiga Irene?

—¡Qué curioso! No, no la dejó embarazada. Pero sí le dejó un buen recuerdo... Y ella le puso Felipe a su hijo. Es un chico muy simpático. Irene se alegrará mucho de saber que Felipe está vivo.

—Aunque, lamentablemente está bastante enfermo.

—¿Algo serio?

—Tiene cáncer. Lo han operado y se ha sometido a un tratamiento de quimioterapia, pero parece que se ha hecho metástasis.

—¡Qué breve es la vida! ¡Qué poco espacio nos deja para equivocaciones! Tengo que decirte una vez más que me das una gran alegría, y, además, qué alegría les dará a Irene y Fernanda, a Mercy, a Aleida, a Clara... esta segunda oportunidad.

—Gracias a ti, por venir. También es una segunda oportunidad para mí. Pero, háblame de ti... no te ofendas que te llamáramos "pequeña Samotracia". Eras tan decidida y parecías tener a todo aquel grupo bajo tu dirección. Eras toda una líder.

—¡Qué extraño que lo percibieras así! No me sentí nunca líder del grupo... Todas respetábamos a Clara, y no sólo porque fuera un año mayor, sino porque era tan serena, tan segura. La idea de darles armas fue de Fernanda, la que supo cómo encontrarlas fue Clara. Yo me consideraba una simple observadora.

—Ah, ¿pero no recuerdas? Tú fuiste la primera en decir que el modo en que podían ustedes colaborar con la lucha era apoyándonos, y tú empezaste a hacer el botiquín y a llenar las mochilas de alimentos. Lo de las armas fue la consecuencia final de la energía que desplegaste. Si al principio tus amigas estaban todas asustadas de nosotros. Creo que nunca habían conocido de cerca a ningún chico que no fuera de su círculo social. En cambio tú nos trataste desde el primer momento como a iguales. Si no hubiera sido por ti, no creo que jamás nos hubiéramos acercado como lo hicimos. ¿Sabes? Nunca te diste cuenta de mi existencia en el instituto, porque ibas a clase en el grupo de por las tardes y yo en el de la mañana. Pero yo sí sabía bien quién eras. Siempre ensayando obras de teatro en el Casino Campestre, leyendo por las calles. Es que además, ¿sabes?, yo trabajaba de mensajero en "El

Colmado La Palma", en la calle de República, y te vi muchas veces entrar a casa de tu abuelo.

—Pero, ¿cómo sabes tantas cosas de mí?

—Ya ves. Hoy has experimentado demasiadas emociones. No me gustaría añadir ninguna más. Pero creo que tenemos una deuda que cumplir con el pasado.

Aurora se levantó para irse.

—No, no puedes irte así —la detuvo Victoria—. ¿Podemos cenar esta noche? Estoy hospedada en el Hotel Nacional. ¿Por qué no vienes con Luis, con Consuelo? Nos encontramos a partir de las siete, en el lobby. Tenemos todavía tanto que hablar.

—Muy bien. No te preocupes, allí estaremos.

—Hasta luego, Aurora. Gracias por esta nueva sorpresa que todavía no me llego a creer del todo.

Antonio Eliseo acompañó a Aurora hasta la puerta. Luego se dirigió a Victoria

—Bien, y ahora, ¿qué te gustaría hacer? ¿Qué pudiera ayudarte mejor a consolidar todo esto? ¿Cómo celebramos este reencuentro?

—Me gustaría ir al mar. Creo que quiero ver algo perdurable.

—¿Quieres ir conmigo mañana?

—Nada me agradaría más.

XXVI. Victoria. Antonio Eliseo

> Mientras haya
> lo que hubo ayer, lo que hay hoy,
> lo que venga.
>
> Pedro Salinas, *Confianza*

—Aquí tienes el mar y una sorpresa...

El viaje hasta los cayos del norte de la isla había sido para Victoria todo un regalo. Antonio Eliseo había insistido en que partieran muy temprano, y la había recogido en el Hotel Nacional antes del amanecer. Cruzaron el túnel de la bahía todavía a oscuras, y los sorprendió la aurora en La Habana del Este. En el trópico la aurora y el ocaso son súbitos, sin preámbulos, pero en su brevedad pueden ser sorprendentes. Antonio Eliseo detuvo un momento el coche para que Victoria pudiera contemplarlo, y luego reanudó rápidamente la marcha. Había traído un termo con café y unas galletas, y le pidió a Victoria que le sirviera mientras conducía.

—Si nos lo proponemos almorzaremos allí —le dijo a Victoria a medio camino—. Como ves, por haber salido temprano y sin interrupciones estamos haciendo un viaje muy bueno.

La carretera, conocida coloquialmente como "Ocho Vías" aludiendo a sus ocho carriles, estaba desierta. Ocasionalmente pasaba un ómnibus de turistas, y en ciertas zonas había uno que otro coche de caballos. Por lo demás, parecía completamente abandonada.

Victoria, que recordaba bien el tránsito incesante de la Carretera Central, mostró su asombro.

—Se construyó para facilitar el tránsito entre La Habana y las provincias orientales. Y como se hizo a campo traviesa, no hay mucha población alrededor. La Carretera Central nació orgánicamente, pavimentando lo que habían sido los caminos coloniales que unían pueblo con pueblo. Y esos pueblos ganaron vida con la carretera y algunos nuevos crecieron junto a ella.

Pero lamentablemente esta autovía se completó poco antes del "Periodo Especial" con sus carencias y limitaciones. Con falta de combustible y de vehículos, ya la ves, es una autovía para el ganado.

En ese momento un par de campesinos a caballo pasaron, arreando una manada de vacas por la pista.

—Si no fuera porque hay partes que no se han reparado, donde puedes encontrarte con unos baches terribles, podríamos llegar en un instante.

Pero a Victoria no le importaba llegar. El viaje mismo era un regalo. Se maravillaba de estar viendo los paisajes de su niñez y de su juventud, y de la profundidad de los recuerdos que evocaban.

Por largos trechos vio cañaverales infinitos, ondulaciones verdes de los tallos en cuyo corazón se encerraba la dulzura de lo que llegaría a ser azúcar. Pero en cuanto acababa una planicie y aparecía alguna elevación, la caña desaparecía para dar lugar a la fronda variada de jáquimas, yagrumas, cedros, algarrobos cargados de curujeyes y, destacándose entre todos, una ceiba con sus ramas asimétricas y desiguales, dándole a cada árbol su precisa identidad individual. De momento un palmar dejaba a Victoria ensimismada, pues cada palma le parecía una saeta ascendente. "Santa Teresa hubiera entendido mi emoción", pensó, sintiendo que su corazón estaba presto a estallar, derramándole dulzuras por el pecho.

Antonio Eliseo respetó su silencio y su ensoñación, y se limitó a conducir, con los ojos fijos en la carretera alevosa, aunque la miraba con una sonrisa que sabía ella no percibiría.

Finalmente, llegaron. Antonio Eliseo detuvo el auto junto al camino, a la vera de un manglar. Y le alcanzó a Victoria un par de binoculares.

—¿Qué te parece?

La línea rosada casi imperceptible que orillaba la costa del cayo lejano se había convertido, a través de los prismáticos, en una bandada interminable de flamencos.

—Hay más de diez mil flamencos sólo en este tramo de la costa. En otros tiempos emigraban y se iban a la Florida durante el verano. Pero allí queda ya muy poca costa que no haya sido invadida por hoteles y edificios de apartamentos. La gente del norte se ha ido mudando al sur en busca de un clima más cálido. Y los flamencos han decidido quedarse aquí. El subdesarrollo a veces puede ser beneficioso para la ecología... —dijo, y sonrió con una risa franca que hasta entonces Victoria no le había visto.

Victoria lo miró intensamente una vez más. Todavía seguía tratando de borrar la imagen de los tres chicos asesinados en la carretera y celebrar la vida de este Antonio Eliseo real, auténtico, bien lejano del producto de su remordimiento.

—Cuba era parte del continente, Victoria. No es

una isla volcánica, como tantas, sino un trozo de plataforma insular, que aunque estuvo alguna vez bajo las aguas, logró resurgir. No sé cuánto tenga que ver esa historia geológica con nuestro espíritu, pero la condición de isla nos da una individualidad, nos fuerza a una definición de independencia. Pero también esa comunicación milenaria con el continente nos da una responsabilidad solidaria con el destino de Hispanoamérica.

—A mí siempre me pareció profético el hecho de que nos consideraran "la llave del Golfo" como aparece simbolizada la isla en el escudo.

—Y ha sido profético. Hemos sido cruce de culturas, lugar de llegada y de partida, etapa de descanso en la trayectoria de los galeones, donde se reparaban y reabastecían los barcos y se intercambiaban experiencias. Pero lo que quería que sintieras, en esta comunión con nuestro mar, es cuán perenne es la vida... La del molusco y el caracol, la del coral y los peces. Han estado aquí, Victoria, no sólo antes que tú y yo, sino antes que los taínos y los siboneyes, antes que la incursión de los belicosos caribes, antes que el primer aventurero español y el primer africano esclavizado. Durante el sueño mambí y las traiciones de la seudo república. Y van a estar aquí mañana y luego y más tarde aún...

—Nuestra vida es apenas un granito de esta arena, —prosiguió, dejando resbalar entre los dedos un puñado de la arena blanca, fina como talco, que había recogido al hablar—. Y todo ello es Cuba... pero aunque Cuba no estaría completa sin cada uno de nosotros, sin Clara o Irene, sin Beto o Felipe, sin ti o sin mí.. sí seguirá existiendo cuando tú y yo seamos "polvo enamorado". Ese es para mí el mayor regalo, saber que nos trasciende... y quería ofrecértelo.

Antonio Eliseo guardó silencio por unos instantes, como presa de una intensa e inevitable emoción. Miró al horizonte, luego a Victoria, y dijo conmovido:

—Cuba es esta tierra que amamos, donde cantan el sinsonte y la bijirita, donde crecen la ceiba y la majagua; donde estallan los cundiamores revelando un rojo que rivaliza con el del atardecer, Cuba donde nacieron sueños de solidaridad y justicia, y el idealismo inalcanzable ha llevado a sacrificios que alimentan otros idealismos, Cuba esta isla que se ha extendido por el mapa, que ha llenado los aires de ritmo de bongó y los escenarios de la delicadeza de Giselle, esta Cuba que canta en versos de Nicolás y encuentra siempre la verdad en un aforismo de Martí, ha sido, es, y seguirá siendo, en mí aquí, en ti, allí, en otros en todas partes y estará aquí para nuestros hijos, sus hijos y los biznietos de sus hijos.

Victoria aspiró con fruición el aire del mar, rico de olor a sargazos quemados por el sol, observó la sombra redonda de la uva caleta, y enterrando los pies en la arena, para sentir los granos finos entre los dedos desnudos, musitó:

—Así sea.

Y, cogidos de la mano, se adentraron en el mar.

Agradecimiento

Mi agradecimiento se extiende a todos los amigos con quienes alguna vez conversara sobre Cuba. Pero aunque ese diálogo me haya servido de inspiración, asumo toda responsabilidad por las ideas expresadas en esta novela. Este reconocimiento no debe entenderse como apoyo de ninguno de ellos a lo que aquí se dice. Agradezco además al abecedario, por darme una pauta para esta lista, que de otro modo habría sido imposible de organizar:

A Madi Barrena, que supo apreciar la intención de esta novela,

a Marta Carbonell Barreras, por más de medio siglo de extraordinaria amistad y de un diálogo enraizado en la sinceridad,

a Mary Nieves Díaz Méndez, por una lectura tan generosa como su amistad y la inspiración para el aforismo apócrifo, y a Tania Álvarez por la profunda comprensión,

a Paco Echeverría, que leyó este texto con amistad a pesar del dolor,

a Alga Marina Elizagaray, hermana espiritual, que a lo largo de la vida me ha enriquecido con información y reflexiones y una indescriptible generosidad de materiales que me han permitido sobrevivir el dolor de la ausencia; y por su apoyo a esta novela en un momento de incertidumbre para mí,

a Marina Mayoral, cuya amistad es a la vez inspiración y estímulo, compartiendo la admiración por Tula, el profundo sentimiento de la "morriña", y el deleite en el paisaje… ya en Cuba, ya en Galicia, ya en el Mediterráneo,

a Lourdes Rovira y Toni de Miranda, hermanadas en el amor a Cuba,

a Elisa Sánchez y Esperanza Cano, con gratos recuerdos de nuestras horas a la sombra del León Dormido, nuestros viajes por tanto rincón del planeta y la amistad imperecedera,

a Karen Lee Wald, por una vida dedicada a apoyar a Cuba,

y un agradecimiento muy especial a Annette Jover, quien me autorizó a usar su nombre para el personaje inspirado por ella, el único real en esta novela,

y en el agradecimiento a Alfaguara/Santillana, hogar de tanto de mi obra, un especial reconocimiento:

a Amaya Elezcano, por creer en la palabra,

a Emiliano Martínez, por el diálogo constantemente renovado a lo largo de tantos años de amistad,

a Silvia Matute, admirable como editora, entrañable como amiga,

a Antonio Ramos, por muchos años de solidaridad,

a Jesús Vega, por las acertadas sugerencias en la edición del manuscrito,

a Arnoldo Langner por transformar un manuscrito en libro,

y siempre a mis hijos Alfonso, Miguel y Gabriel, a su constante apoyo y su fe en mí; y a mi hija Rosalma, en tantas formas compañera, que encarna la mejor esencia del diálogo.

Índice

I. La Habana, Cuba. 1958   11

II. Camagüey, Cuba. 1958   15

III. Victoria   25

IV. Miami, Florida. 1958   33

V. Irene   39

VI. Antonio Eliseo   51

VII. Irene   65

VIII. Marcos   87

IX. Victoria   93

X. Sebastián   103

XI. Clara   113

XII. Fernanda   133

XIII. Felipe   143

XIV. Mercedes   145

XV. Clara   157

XVI. Aleida   165

XVII. Luis Miguel   171

XVIII. Irene   181

XIX. Victoria   193

XX. Mercedes. Aleida   197

XXI. Victoria   205

XXII. Consuelo   215

XXIII. Aurora   225

XXIV. Luis Miguel   237

XXV. Annette   243

XXVI. Antonio Eliseo   251

XXVII. Victoria. Antonio Eliseo   261

Agradecimiento   267